生きる事は

五木寛之

おもしろい

Itsuki Hiroyuki

東京書籍

生きる事はおもしろい　目次

生きる事はおもしろい

生きる事はおもしろい

1

最近、自分でもおどろくほど小食になった。

以前から食事についていては、次のようなことを言ってきたのだから当然かもしれない。

よく「腹八分《はらはちぶ》」という。それに関しての勝手な意見である。

まず、十代では「腹十分《はらじゅうぶ》」でいい。

のび盛りの若いあいだは、腹一杯食べるべきだと思う。それをちゃんと消化するエネルギーもあるはずだ。

二十代にはいると「腹九分《はらきゅうぶ》」。

三十代にはいって、いわゆる「腹八分」となる。

この時期は、元気にまかせて暴飲暴食にはしりがちだが、そこをちゃんとコントロールする。

四十代。まだまだ元気一杯の年代である。しかし、髪に白いものがまじっているのを発見したりして、ヒヤリとすることもある。その時期は、少しおさえて「腹七分《はらしちぶ》」。

五十代となれば、体調も乱れがちだ。サプリメントをあれこれ試したり、健康法の本を読みあさったりもする。ここはぐっと我慢して「腹六分《はらろくぶ》」にとどめておこう。

六十代は、ひと山越えた年ごろである。それほどエネルギーも必要とはしない。そこで「腹五分《はらごぶ》」にとどめたい。

要するに食事を半分にコントロールする。一日二食か、一食半でも大丈夫だろう。人間というやつは、それほど食べなくてもちゃんと生きていけるものだと実感できる年代である。

七十代では「腹四分《はらしぶ》」と覚悟する。朝はジュース一杯でもいい。昼は蕎麦《そば》ぐらいですませて、夜も大食いはしない。私自身、七十代のあいだは、ほとんど一食半足らずで過ごしてきた。

さて、八十歳からの十年は、「腹三分《はらさんぶ》」でどうだろう。

私は先月末、なんとか満八十歳になった。八十代というのは、異次元の世界である。

この時期を、私は「腹三分」にとどめて暮そうと決めた。「腹三分」といえば、ほとんど一日一食といったところか。

一日三食きちんと決まった時刻に食べるのが健康のコツ、などとあらゆる先生がたがおっしゃるが、人間は年齢とともに変化する存在だ。二十代と八十代を一緒にしてはいけない。「腹三分」でしばらく様子をみて、具合が悪ければ修正しようと思う。はたして、どうなりますことやら。興味はつきない。

2

世の中、おもしろくないことばかりである。

年をとったせいだろうか。ためしに若い編集者にたずねてみると、

「いやあ、胸がドキドキするようなことはまったくありませんねえ。つまらない世の中です」

右を見ても、左を見ても、たしかに退屈そうな顔をした連中ばかりだ。

こうなると、つまらない世をおもしろく、と、無理にでも何か工夫せざるをえない。

そこで思いついたのが、自分自身とむきあうことだ。心をととのえる、などと高尚な話ではなく、身体諸器官に関心をもつことである。

眠ること、食べること、歩くこと、呼吸すること、などなど日常のどうでもいいことにあらためて注目するのだ。

そこで「腹三分」などという突飛なことをためしてみるのだが、これがなかなかおもしろい。

一日に一回しかちゃんと食べられないと思えば、その一回の有難味《ありがたみ》はひときわである。うまいまずいなどと贅沢《ぜいたく》なことは言っていられない。少しでも体の養分になるようにと、丁寧《ていねい》に噛《か》む。

注意して噛んでいると、自分の歯の使い方がはなはだ偏っていることに気づいた。右の奥歯だけをもっぱら使っていて、バランスのとれた噛み方をしていない。手にも利《き》き手があり、目にも利き目があるように、歯にも無意識に多用するリイドがあるのだろうか。これを左右バランスよく噛むように心がける。さらに前歯もちゃんと使うように、修正する。

そうやって全部の歯を十分に使って物を咀嚼《そしゃく》していると、なんとなく気持ちがいい。

ふだんあまり使わない歯は、たぶん少しずつ退化しつつあったような気がする。

九月末の誕生日以後、ずっとこの「腹三分」を維持しているのだが、体重はあきらかに減少した。私は本当はもう二キログらいは増やしたいのだが、ここは様子を見ることにしよう。一日一食で体調に異常が感じられれば、すぐに元にもどせばいいのだ。

心なしか動作が軽くなったような気がする。歩道橋の階段をあがるのも、無理なくトントンと上れるようになった。階段を上るのは、昔から好きだった。ふつうの動きではなく、いわゆるナンバ歩きで、踏み出す足に体重を同時にのせて体を押しあげる。これがコツだ。

以前、室生《むろう》寺の七百余段の階段を三往復した時ほどの体力はないけれども、なんとか歩道橋ぐらいは楽に上り下りできる。これも日々のひそかなたのしみの一つだろう。

3

世の中がつまらないから、身近なところでおもしろいことを探す。そのひとつが、「呼吸」である。

文字どおりに解釈すれば、「呼」が「吐く息」。

そして、「吸う息」が、「吸」となる。

また「出息入息」ともいう。

つまり、出す息が先なのだ。吸うのは後の作業である。

そこを逆に受けとる人が多い。体操の指導をする先生が、

「サア、まず大きく吸って――」

と両手を広げて胸をはり、

「ハーイ、つぎに大きく吐きましょう。そうでーす」

などと元気よく音頭をとったりなさる。

これは逆。

まずゆっくり息を吐く。それが「呼」である。そうすると、とりたてて意識しなくても、自然に息が流れこんでくる。息を吸うときに、あえて大きく口を開けて吸う必要はない。鼻からスムーズに吸いこめばいいのだ。

息を吸うときに、口は使わない。口は物を食べるためにある。息は鼻でする。

腹式呼吸のことがよく強調されるので、最近では皆が腹式呼吸に関心をもつようになった。腹式呼吸をやると副交感神経が働いて、イライラやストレスを和らげる役に立つといわれる。

先日もオフィスビルのエレベーターの中で若いビジネスマンが、ネクタイをゆるめ腹を思いきりふくらませて腹式呼吸らしきものをくりかえしていた。

しかし、あれじゃかならずしも腹式呼吸の効果はないだろうと見ていて思った。

腹式というと、息を吸うときにやたら腹をふくらませようとする人が多い。まるで下腹部に息を吸いこんでいるかのような具合である。

息は腹で吸うものではない。空気は肺に流れこむのだ。

呼吸法を試みるときには、肺全体にちゃんと十分に息が行きわたっているかどうかをチェックすべきだろう。ことに肺の下のほう、それも脇腹にちかい左右の端まで息が流れこんでいるかを注意すべきだ。「息があがる」とか、「肩で息をしている」とかいうのは、肺の上のほうだけを使って呼吸している状態をいう。

息を吐いて、吸う。

人によっては、吸って、吐く。

この切り返しのところで、いったいどれくらいの時間の間が必要なのだろうか。

いったん呼吸を止めて、すぐに吸う動作に移るのか。それとも、一秒か二秒の間をおいて、次の呼吸にとりかかるべきか。または連続して吐、吸、をくり返すほうがいいのか。

こんなことにこだわってあれこれ考えるのは、滑稽《こっけい》なことかもしれない。自然にやればいいじゃないか、と笑う人もいるだろう。

しかし、そういった小さなことにこだわるのは、それがおもしろいからである。あれこれ試してみたり、考えをめぐらしている間は、憂《う》き世の雑念から離れることができるのだ。

これまで、呼吸法の専門家から医師、宗教家など、いろんな人にそのことをたずねてきた。

それぞれに含蓄《がんちく》のある教えが返ってくる。

しかし、いまひとつ、ストンと納得できる答えがなかった。

あるとき、アメリカで禅堂をやっている禅僧の方にお会いした。例によって同じ質問をすると、そのお坊さんは、ちょっと思案したあと、こう言われた。

「つまり浜辺でですな」

「浜辺？　海岸のことですか」

「そう、波打際で沖から押し寄せる波をじっと見ている」

「はあ」

「砂浜から波がサーッと引いて、また、ザザーッと寄せてくるでしょう。そのイメージを思い描いてください。サーッと引き、ザザーッと寄せてくる」

「なるほど。引いた波が寄せる、また、寄せる波が引く。その感じですか」

「間があるようでない。ないようである。そんな感じで呼、吸、呼、吸、とくり返されてはどうですか」

昔から、意味がつかみにくい話を「禅問答《ぜんもんどう》」などという。相手が禅のお坊さんなので、さぞかし形而上《けいじじょう》学的な答えが返ってくるだろうと思っていたのだが、じつにわかりやすい答えだった。

浜辺に押し寄せてきた海水が、砂を濡らしてスーッと引いていく。そしてどこから始まるともつかない微妙なタイミングで、寄せる波に変る。眼をつぶってイメージしていると、自然に呼吸がととのってきた。

「寄せては返す波の音」と、寿々木米若《すずきよねわか》師の名調子を思い出す。

4

〈おもしろきこともなき世をおもしろく〉

高杉晋作《たかすぎしんさく》の辞世だが、頭で考えることが、つい無意識に五七五の調子になってしまうところが日本人である。

年をとっても煩悩《ぼんのう》は消えないが、欲望は減ってくる。上等な服を着ようとも思わないし、有名な店でうまいものを食べることも面倒くさい。

それでも、なにかおもしろい事を探して日々を過ごす。

生きる上での基本的なこと、そこにおもしろさを見出して暮すのは、悪くはない。

食べること。

息をすること。

歩くこと。

そして、眠ること。

このところ、一日一食プラス、という感じでやってきた。目下のところ格別な支障はない。夜中に口がさびしくなれば、カボチャの種とか、胡桃《くるみ》とか、ピーナッツなどをポリポリかじる。まるでネズミだ。

呼吸もそこそこスムーズにやっている。

歩くことには、いささか問題がある。左脚の筋肉痛がずっと続いていて、いっこうに

良くならない。歩くときに抵抗があって、左脚を引きずるような歩き方になりがちだ。これは加齢による自然な障害だろう。腰下肢痛には、さまざまな原因があるが、積極的に治療する気はない。

人間、八十になって具合が悪くないほうがおかしい。たぶん、解剖でもすれば、何十何百という病気がみつかるだろう。そもそも人間は病気の巣なのだ。それをだましだまし日を送っているのである。

ところで、目下の最大の問題は、「眠り」である。寝入って、一気に続けて眠れないのだ。一時間半ほど眠ったあと、目が覚める。ベッドの中で文庫本を読んでいるうちに、また眠くなる。そこで明りを消して、また数時間たつと目が覚める。そんなことをくり返しながら時間が過ぎていく。

これを何とかしなければならない。せめて夜中に一度か二度トイレに立つぐらいが理想だろう。赤ん坊じゃないんだから、ぐっすり前後不覚の眠りを期待しているわけではない。目下、あれやこれやと工夫しているところだが、これがそれなりにおもしろいのだ。

さて、今夜はどんなことをためしてみようか。などと考えて日を送るのも、また一興。

音の話

1

暑い。

夕方になると、やっとほっとする。

どこからか太鼓の音がきこえてくる。どうやら近所の寺で、夏の盆踊り大会がおこなわれているらしい。

夕涼みのつもりでのぞきにいってみた。

それなりの参加者がいて、臨時の櫓《やぐら》をかこんで楽しげに踊っている。見物人も踊りの手振りをまねたりして、夏の夜にふさわしい光景だ。

筆にまかせて（万年筆だが）つい「楽しげに」などと書いてしまったが、実際にはそうでもない。みんな妙に無表情なのである。

日本人という民族は、あまり感情を外にあらわすことが得意ではない国民性の持ち主だ。

踊っている男や女の人たちが、なぜあんなに無表情なのだろう。べつに、つとめて感情を抑制しようとしているわけでもあるまい。

戦後六十余年、いまだに私たち日本人は感情表現を悪とする過去の体質を温存し続けているのだろうか。

それと同時に、会場に流れているスピーカーの音質があまりにもひどいのが気になった。よく選挙のときに使われる拡声器の音と同じなのである。

音質とか、そんなものには最初から無関心な、機械の騒音なのだ。場内のアナウンスも、場所によってはほとんどききとれない。それよりも残念なのは、流される民謡や歌謡曲、ナニナニ音頭《おんど》の曲が、まったく心地よく感じられないことである。雑音としか思えない音だからだ。

最近は若い世代だけでなく、音に敏感な人がふえてきている。ユーザーの耳が成熟してきたのだ。それだけに、音を送る側の無神経さがきわだつのである。

そのいい例が、市販のテレビだ。音声がやたらと横に響くもの、金属質の不快な音質のもの。音の輪郭がぼやけるもの。低音だけが誇張されているもの。ほとんどがユーザーの耳に歓《よろこ》ばしい音とは感じられない製品が大半である。

しかし、よく考えてみると、自分のことを棚にあげることなく他を批判したり、提言をすることがはたして可能だろうか。

自分自身をふり返ってみてもそうだ。

これまで私なりに、いろんな提言や批判を文章にしてきた。

しかし、自分はどうか。

本気で自分のことをふり返ってみると、もうひどいものだ。とやかく他人のことをあげつらうわけにはいかない。

そうなると結局、何も言わずに黙りこんでいるしかないのである。

わが身をかえりみて、他人にあれこれ言える人は少ないはずだ。よくよく面《つら》の皮が厚いか、それとも無神経であるかのどちらかだろう。

しかし、黙っているのも「腹ふくるるのわざ」だ。まして売文業者としては、やっていけない。

あれこれ悩んだあげくに達した結論とは、

「自分のことは棚にあげろ」

という覚悟である。

自分ははたしてどうか、などとくよくよ考えているかぎり、発言などできるわけがない。

周囲を見まわしても、自分のことは棚にあげて、他の批判や提言をくり返している人ばかりではないか。

中途半端に迷いながらの発言など、だれも聞きたくはないのだ。「自分のことは棚にあげて」思い切りよく断言してこそ人の耳目《じもく》を集めるのである。

おのれをかえりみずに偉そうなことばかり言う人間を、偽善者という。お坊ちゃまのくせに悪ぶってみせる人間を偽悪家という。

どちらもどちらだ。自分の本来の姿をさらしたところで、それは芸ではない。投げ銭をいただく資格はないのである。

小心なくせに大きなことを言う。強欲なくせに世捨て人みたいな顔をする。どちらも「自分のことは棚にあげる」覚悟がないのである。

自分。これほど仕末におえない厄介なものがあろうか。それは「棚にあげて」おくしかないのだ。

また講演のときなどに、あまりのPA（音響装置）のひどさに呆れ返ることがある。会場は超豪華であるにもかかわらず、音響に対する配慮ゼロという施設が少なくないのだ。地方自治体の新しいホールなどにも、最低の音しかだせない所が多い。いったい、どこに金をかけているのだろう。

見てくれだけの超近代的ホールより、建物は古くても音がちゃんときこえるホールのほうが大切なのである。

とくにおくれているのは、宗教関係の施設だ。学校や寺などにも音に無関心なところが多い。どうせ機械よりも、話の内容が大事、と、たかをくっているのだろう。

こんなふうに私が音に過敏なのは、たぶん体質的なものだろう。

また、職業上の習慣も多少はあるのかもしれない。

二十代の終りのころ、私はCMソング制作の仕事にたずさわっていた。当時はCMソングのことを一般的にジングルといっていた。CMソングの歌詞というのは、一見、単純にみえても作る過程は決して楽なものではない。

同じ歌詞のくり返しに飽きたスポンサーは、さまざまな無理な注文を出してくる。

「プシュッ、とか、シュワッとか、その音をきいただけで商品を飲みたくなるような、そんな音を開発してほしい」

などと、よく言われたものだ。そのために、その音を耳にすると、反射的に清涼飲料やビールがほしくなるような音を探して、ずいぶんあれこれと試行錯誤したものである。

そのうちにレコード会社にスカウトされて、子どもの歌や教育関係の音楽を作る仕事をするようになった。

当時、学芸大学の音楽の先生などと共同研究したテーマは、「幼児の耳に心地よい音や楽器を探す」ことだった。それまで幼児向けの音源には、ピッコロなど高音の楽器がよく使われたものである。これが間違いだとわかったのは、その研究の成果だった。

幼児の耳には、高音ではなく、柔らかな中音域の音が気持ちよく響くらしい。そう確認してからは、楽器の編成にも大きな変化がおきた。おもしろいことに、幼児と、若者と、高齢者とでは、気持ちよくきこえる音がまったくちがうのである。

そんなことをやっているところへ、変わった依頼が舞いこんできた。鳩が嫌う音を探してほしい、というオファーだった。

いろいろきいてみると、事情がわかってきた。某地の自衛隊の基地で、戦闘機を収納する格納庫に鳩が入りこんできて糞《ふん》をして困るというのだ。ジェット機の翼や機体に鳩の糞がこびりつくと、金属が腐食するらしい。

さまざまな方法で鳩を追いはらおうとするが、どうもうまくいかない。そこで、その音を格納庫に流すと鳩がよりつかなくなるような音は作れないものか、という話だったのである。

その依頼は結局、うやむやになって流れてしまった。後年、小説で食っていくようになってから、その話を『凶音』という中篇にまとめたことがある。

いまでも音に関して妙に神経質なのは、そんな往時の仕事とかかわりがあるのかもしれない。

2

古い話で恐縮だが、敗戦後、外地から引揚げてきた後、しばらく山中の村に住んでいた。両親の実家に、交互に居候《いそうろう》させてもらったのである。父も母も、飛形山《ひぎょうざん》という山をへだてた山間の集落の出身だった。

そこは肥後熊本に近い九州山地の一角である。一九四〇年代のことだから、山村の暮しはすこぶる自然のままだった。自然のまま、というより原始的な山村生活が残っていたのだ。

電気や水道はもちろんない。燈火は石油ランプで、水は山からの湧き水を使う。風呂を沸かすときには、近くの小川まで水を汲みに往復する。両手に水桶をさげて、急な坂道を何度も上り下りしたものである。

夜はひと晩中、渓流の水音がひびく。ふだんは意識しないのだが、夜中に目覚めるとかなり大きな流れの音がきこえた。

やがて数年後、平地の借家に移ったが、ここも川のすぐそばにある家だった。朝は川の水で顔を洗い、野菜や洗いものも川を使う。この家も、ずっと絶えまなく川の流れの音がきこえていた。せせらぎ、などという風流な感じではない。ザアザアというかなり激しい音である。

やがて五〇年代にはいって、私は上京し、東京の一角に住んだ。その後、私の弟が上京して、しばらく一緒に暮したことがある。

当時、弟がよく口にしていたのは、

「東京は静かすぎて眠れない」

ということだった。東京が静かだなどとは誰も思わないだろう。しかし、山村で暮した経験のある私には、弟の言わんとするところがよくわかった。

「夜中に川の音がきこえないんで、なんとなく落着かないんだよ」

そんなふうに弟は言っていた。絶えず川の水音が響く中で暮していると、その水音がきこえないというのは、妙に不安なものなのである。

風で竹林が鳴る音もない。水音もきこえない。高速道路を走る車の音はあっても、それは自然の音ではない。

一日中ずっときこえていた渓流の音は、山村生活のなくてはならないＢＧ音楽みたいなものだったのだろう。

いま、まわりを見回すと、携帯を耳にあてるか、イヤホーンをさしこむか、ほとんど人工の音にどっぷりつかって時を過ごしている人たちがいかに多いかに気づく。私自身、風の音を意識することがほとんどなくなっている。現代人の心の中にわだかまる不安と脱力感は、そんなところからもきているのかもしれないと思う。

これも昔の話になるが、海外での講演のためにハンブルクを訪れたことがあった。一緒に行ったのは、井上靖さんと尾崎《おざき》秀樹《ほっき》さんである。いまはお二人とも故人となってしまった。

その折りに、古い大聖堂に案内された。

煉瓦《れんが》建ての大きな教会である。薄暗いその建物の二階の椅子に坐っていると、神父さんが一階の祭壇のあたりで何か小声で話をされている声が、じつにはっきりときこえてきた。もちろんドイツ語なので、話の内容はわからないが。

しかし、周囲をチェックしてみても、スピーカーとかマイクなどぜんぜん見当らないのである。

祭壇から二階席までは、ずいぶん距離がある。それにもかかわらず、ことばのすみずみまでくっきりと音が伝わってくるのだ。

やがてパイプオルガンの演奏がはじまった。

この音がすごい。最大級のスピーカーを使っても、こんな音はでないだろう。教会の壁全体が楽器の胴のように共鳴し、震動しているのがわかる。

坐っている椅子《いす》にまで、その音量が響いてくるのだ。建物の壁自体にパイプオルガンが組みこまれているのだろうか。百雷の響くような音、などと昔は言った。そんな音の大きさである。

念のため、通訳の人にたしかめてもらった。

「この建物のどこかにスピーカーが設置されているんでしょうか」

「いや、それはありません。ぜんぶ生の音です。そもそも教会の建物は、音が最大限に美しくよく響くように造られていますから」

あんな音でバッハやハイドンなどを演奏されたら、人は一種の生理的な法悦におちいるのではあるまいか。

聖歌隊の合唱にしても、パイプオルガンの演奏にしても、音の魅力と迫力を最初から企画して、建物自体が上手に設計されているのだろう。

それから数年して、日本のどこかの施設が、世界最大級のパイプオルガンを輸入して使うことになったというニュースを耳にした。

ふと思ったのは、楽器だけを持ちこんで会場に設置したところで、あのハンブルクの大聖堂のような音にはなるまいということだった。

教会の建物とパイプオルガンは一体化された巨大な楽器として造られているのだ。それを移植することは、はたして可能なのだろうか。

3

いまはそういうことはあまりないと思うが、私の若いころは、イタリア車はよくこわれた。しかし、それを承知でイタリア車に乗る人も、また少くはなかった。

いろんな理由があっただろう。デザインがいいとか、開放感があるとか、名前が格好いいとか、さまざまである。

しかし、いちばん大きかったのは、エンジン音や排気音が魅力的だったことだ。たとえそれがどんなに安価な小型車でも、イタリア車の音には独特のものがあった。なにもフェラーリとかランボルギーニでなくてもいい。マセラッティやアルファ・ロメオである必要もない。ネズミかリスのような小型車であっても、そのエンジン音はじつにチャーミングだった。エグゾースト・ノイズ（排気音）というより、一種のサウンドを感じさせたものである。

いまの日本製の車は、ほとんど究極の完成度を示している。丈夫で、安くて、扱いやすく、こわれない。小さな部分まで神経がゆきとどいていて、仕上げも美しい。

それでもなお、正直に言うならエンジンの音が機械音の域を超えてはいないのではないか。さらに最近は音もなく走るハイブリッド車や電気自動車も人気である。

実用性を追求し続けてきたドイツ車といえども、音という点ではどこかがちがう。たとえばウインカーの操作をしたときに車内に響くカチッカチッという乾いた音にも、一種独特の個性が感じられるのだ。一音ごとにカチッと手ごたえのあるじつにドイツ的な音なのである。

実用という点では、国産品は世界のトップレベルに達している。それはまちがいない。しかし、何と言えばいいのか、人を酔わせるアルコール度が足りないのである。

私たちは栄養分を求めて酒をのむわけではない。微妙な酔い心地に惹かれて、アルコール類を摂取するのである。人を酔わせる大事な要素の一つが、音だろうと思う。

最近は仏教のセレモニーが不人気な時代である。僧侶の読経をカットする葬儀も少くないらしい。経典の意味がわからない、形式的で長すぎる、などとさまざまな批判がある。

しかし、意味がまったく理解できなくても、私たちは時として肉声による読経を聞いて、なんとなく心を癒《い》やされる気分になることがあるのも事実だ。

音は音だけでも人に何かを訴える力があるのではないか。音に対してほとんど関心を示さない私たちの社会に生きて、どうしようもなく不満をおぼえずにはいられない今日このごろである。

棚にあげる覚悟

1

見る角度によって私たちが見るものは違って見えてくる。

世の中のこともそうだ。

ある人には「あー、もう世も末だ」と思われる世相でも、別な人の感想はまた違う。

人間の視角には限界がある。

それをいやというほど体験してきた。したがって断定的な物言いは、できるだけ避けてきたつもりだ。

しかし、主観もまたひとつの真実である、と考えるようになってきた。

各人がおのれの目に映じた現実に感想をのべればいいではないか。百人百様の見方が集って時代をトータルに映しだすこともあるだろう。

前おきが長くなったが、日ごろしょっちゅう感じていることを書くことにする。

旅から旅への暮しを続けていると、一日に何度となく疑問がわいてくるのだ。

「どうしてこうなのか」

「なぜこうなんだろう？」

と、一日のうちに何十回となく首をかしげないではいられないことが多すぎる。

「まっ、いいか」

と、そのつどやりすごしてきた。しかし、いましみじみ感じるのは、この国には無限の可能性がある、ということだ。

ここを直せば、とか、ここを改良すれば、という部分が、あまりにも多すぎる。ちゃんとしぼれば、まだまだいくらでも水がしたたり落ちる濡《ぬ》れ雑布《ぞうきん》のようなものなのだ。

『下山の思想』という不景気な題の本を出して以来、やたらと同じ質問をうける。

「要するに肩をすぼめて生きていけ、ということですか」

などときかれる。

「アジアの小国をめざすわけですね」

などとも言われる。

ちがうのだ。

下山というのは、無駄をへらすということだ。もっと効率よく暮そうというすすめである。大きくなることだけを考えている成長期には、無駄がつきものだ。もっとスムーズに、もっとスマートに暮す。それが下山の姿勢である。

実際に現実はそう動いているではないか。

重くてかさばるパソコンより、すでにスマートフォンの時代に移ってきた。十のものを五にし、五のものを三にする。そのことでより豊かな実りある生活を考える。それが下山の思想というものなのだ。

それはどういうことか。

2

「棚《たな》にあげて」

という言い方がある。

自分のことをまったくかえりみずに、他を批判したりする姿勢のことを言う。

「自分のことは棚にあげて、よく言うよ」

などと周囲から呆れられたりする人が少くない。

言わでものことを言う

1

どうしても言わずにはいられない気持ちになることが、日に二、三度はある。

しかし、それを言ったところで仕方がないと、諦《あきら》める気持ちもある。

だが、心の健康には、言いたいことを腹におさめておくのは禁物だ。

だから、あえて言わでものことを言う。たぶん読む人は笑っていることだろう。それを承知で言う。

世の中は、すでに高齢者社会にはいっている。これは厳然たる事実だ。

しかし、それにもかかわらず、世間は高齢者の都合など、まったくかえりみることがない。

たとえば、最近、極度に小さな活字が流行している。

「こういう者です」

と、初対面の相手から名刺《めいし》をもらう。横書きになっているのは、もう仕方がない。いまどき会社の刻印がプレスされた教科書体の活字の名刺など、もらったら取っておきたいくらいのものだ。

問題は、その活字の大きさである。老眼鏡をとり出して、じっくり眺めても、はっきり見えない。豆粒どころか、米粒を十分割したくらいの微小な活字で印刷された名刺を手に、しばらく呆然《ぼうぜん》とするしかない。

雑誌のレイアウトなども、そうだ。

なにか読みやすい活字はダサイという先入観でもあるのだろうか。

新しい感覚の現代的な雑誌ほど、印刷されている文字が小さい。余白は十分にあるのだが、その片隅にチマチマとむら雲のようなゾーンがあるかと思えば、これが文章である。

さまざまな日常生活機器の表示にしてもしかり。

なぜわざわざこうも小さな活字を使うのだろうか。

ひそかに思うのだが、ＡＤやレイアウトする人びとは、日本語の文字を憎んでいるのではあるまいか。

英語の広告はじつにすっきりときれいにまとまっている。しかし、漢字、片仮名、ひら仮名、その他雑多な文字が混在している日本語のコピーは、すこぶる扱いにくいしろものだ。

　無意識のうちに日本の文章、活字などに対して不快感を抱いているからこそ、あれほど目立たず、読みにくいデザインになるのだろう。

　すべての活字の印刷を、大きく、はっきり読めるようにしてほしい、というのが目下の私の言わでものことのひとつである。

2

　一週間あまり続いた風邪《かぜ》が、やっと抜けた。

　一週間というのは、やや長いほうだ。風邪と下痢《げり》は体の大掃除という。だから野口整体の考え方では、風邪は敵ではない。

　体のバランスが崩れているから風邪をひく。ひくことで乱れたバランスを調整し、ともどそうとする自律的な働きであるとする。

　したがってきちんと風邪をひき終えた後は、その前よりもはるかに体調は爽快なはずだという。

しかし、そのためには、きちんと風邪をひかなければならない。風邪も、下痢も、正しく実践する必要があるのだ。

私の実感では、風邪は五日間でひき終えるのが理想である。三日では風邪の効用が十分に発揮されない。

といって、一週間は長すぎる。ダラダラと風邪をひき続けるのは、それこそ万病のもととなりかねない。

ひき始めに二日、ピークで一日、そして二日で回復する。これが理想だ。

今回の一週間は、その点では長すぎた。下手《へた》に風邪をひいてしまったと反省している。

毎年、季節の変り目には、風邪をひくことにしているが、今年はあきらかに失敗だった。

この次、冬から春に転じるときには、もっと上手に、もっときれいにひき終えようと決心する。

さて、風邪をひいたときに、なんとなく漢方薬をのむ。気やすめのつもりだが、この包装がやたらと厳重である。

市販の薬だけではない。ありとあらゆる商品が、必要以上に厳重にパッケージされている。

用いられているのは、大半がビニールだ。この透明なビニールが、やたらと強靭《きょうじん》なのである。

よく見れば、どこかに小さな引き裂き口がついているはず。ところが、それがなかなかみつからない。わざわざ老眼鏡をさがして、それをかけて、という手順は、じつにめんどうである。

結局、適当に目星をつけて、力で引き裂こうとする。これが徹底的に抵抗するのだ。力いっぱいひっぱっても、なかなか破れない。

豆乳のパックについているストローなどもそうである。薄いセロファンかビニールのような透明な袋にはいっているのが、尖《とが》ったほうを先にして押し出そうとしても、なかなか思うように出てくれない。透明なパッケージと格闘しながら長時間をついやすと、もうそれだけでぐったりしてしまうのだ。

ニッポン人の七不思議

1

ニッポンという国は、いい国である。

外国へいって帰ってくるたびに、そう思う。しかし、しばらくたつと、心境に変化が生じてくるのが人情というものだろうか。

「なんだよ、こんな国。ニッポン人って、いったいどういう民族なんだ」

と、独り言を言ったりする。

もちろん、自分もそのニッポン人の一人なのだから、一種の自嘲《じちょう》めいた愚痴《ぐち》なのだ。

どうしてもわからないことのひとつが、いわゆるパーティーというやつである。

私はもともとパーティーが苦手だ。自分の受賞パーティーをふくめて、芥川賞・直木賞のパーティーにも二、三度でただろうか。四十五年あまりの物書き生活の中で、二、三度というのは、めずらしいほうかもしれない。

それでも年寄りになれば、いろんな会に顔を出す機会も生じてくる。

そんなとき、一流ホテルなどで催されるパーティーに参加して、「いったい、これはなんだ？」と、不思議に思わないことは、めったにない。

不思議に思うことの一つは、主催者やゲストのスピーチを、参会者がちゃんと聞かないことだ。

まあ、主催者の挨拶《あいさつ》ぐらいは神妙に拝聴していても、やがて乾杯となり、ゲストの挨拶となると、もうほとんど無視状態。

おたがいにガヤガヤしゃべりあったり、食いものに群がったりで、だれも耳を傾けてないような奇妙な状態となる。

なぜゲストのスピーチをきこうとしないのか。

ひとつは、ろくなスピーチがない、ということもあるだろう。くだらない洒落や、自慢話を延々とやられては、きく気にもなれない。

それはわかる。しかし、人が耳を傾けないからこそ、ちゃんとしたスピーチがおこなわれないということにもなるのではないか。

世界のどの国でも、人は子どものころから自分の意見をはっきり人前で述べるようにしつけられる。教育というものの根本が、そこにあるような気配さえある。

しかし、戦後六十年たったいまでも、ニッポンでは、

「巧言令色《こうげんれいしょく》スクナシ仁」

という感覚が変ることなく続いている。雄弁であること、口数が多いことは、よくないことなのだ。

「男は黙って——」というコマーシャルは、そこをうまくついている名コピーだった。映画やテレビ番組が、その国の状況を忠実にうつしている、などと子どもっぽいことは考えない。

フィクションも、ノンフィクションも、表現されたものはつねにひとつの物語である。しかし、映像作品や小説などに、その社会のある一面が反映していることも、また事実である。

アメリカ、英国、フランスなどの欧米先進国をとわず、ニッポン以外の国々では、政治家も、宗教家も雄弁、多弁が要求される。

「腹でわかる」とか、「じっと見合わす男の目と目」などというやり方は通用しない。言葉にだして言わなかったことは、なかったことと同じだ、というのがニッポン以外

の国々での常識である。

また、きちんと文書化されていない約束も、ほとんど意味をなさない。「ことばがすべて」と、いうのは、上っ面の世の中のように見えるが、少くとも現実世界の大半はそうだ。

英米などの例をあげるまでもない。かつてソ連では、スターリンをはじめ、すべての政治指導者は、四時間、五時間の長広舌《ちょうこうぜつ》をつねとした。

社会主義国はどこもそうだった。キューバにおけるカストロの演説もそうだ。

そして、どの国においても、スピーチというものは大事にされ、それを練《ね》りあげるために人びとは努力を惜しまなかった。

オバマ大統領の演説がCDになってベストセラー入りしたが、そのスピーチも、一日にしてはならず、といった磨きあげの結晶だろう。

重要人物のスピーチには、スピーチライターがつく。歴史的な考証や、ギャグや、その他のエピソードを専門に挿入するライターも加わる。

そして幾度となくリハーサルがくり返され、最後に本人の意見がもりこまれる。

こうして苦心の結果、つくりだされるスピーチだからこそ、聴くにたえるのだ。そして人びとは、そのことばに感動すると、惜しみない拍手を送る。スタンディング・オベイションは、ただの儀式ではない。

しかし、ニッポン国では、そういうことがほとんどない。そこが不思議である。

2

さまざまな会がある。パーティーも盛大に催される。

そして食いものの店がでて、コンパニオンがビールやワインを配って回る。

しかし、パーティーの要は、挨拶ではあるまいか。

主催者はもとより、ゲストの皆さんが、各人各様のスピーチをする。

それをきくためにパーティーに行くわけで、腹がへっているから行くのではない。

また、知人、友人とおしゃべりをしたり、名刺の交換が目的でもない。

それにもかかわらず、ニッポン国では、挨拶はつけたしである。

最初のうちは、おとなしく聞いていても、やがて乾杯となり、その乾杯の音頭が終った瞬間、会場は雑談の場と化してしまう。

だれかのスピーチをきくためには、ステージのすぐ下まで人をかきわけて行かなければばならない。

話すほうも、誰も耳を傾けてないことを察すると、話がいいかげんになったり、途中ではしょったりする。

アメリカのアカデミー賞にならって、ニッポンの映画界でも日本アカデミー賞がつくられた。授賞式はテレビで中継される。

それを見ていて感じるのは、アメリカの映画界と、日本の映画界の文化の差である。

それは価値の差ではない。文化のスタイルのちがいである。

昔、私たちが少国民と呼ばれていた戦争の時代には、「言《こと》あげせぬ国」という文句がよくきかれた。

要するに、グチャグチャ文句を言うな、理屈はいかん、不言実行あるのみ、ということだ。

議論は恥ずかしいことだった。言い訳はすべて悪とされた。正当な自己弁護でも、卑《ひ》怯者《きょうもの》のすることであった。

こうして、ことばの多さは不誠実、という道徳がこの国に根づいた。

そして戦後六十年をへても、この文化は少しも変ってはいない。

「沈黙は金」

とは、あまりにも多弁、雄弁が幅をきかせすぎる国々の自戒の言葉だろう。

「ことば」に対する不信感は、いったいどこからきたものだろうか。

パーティーの席上での人のスピーチに無関心なのは、はたして昔からそうなのだろうか。『三国志』などをＤＶＤで見ていると、登場人物たちの多弁さは呆れ返るほどだ。

それぞれに腹に一物ある連中が、おたがいにことばをつくして相手をだましあう。

彼らの多弁さは、ニッポン国とはまったく異質の文化だ。

「言った者が勝ち」というのが欧米の文化なら、中国は欧米的である。それも当然だろう。椅子《いす》を使い、ベッドに寝る文化なのだから。

しかも中国は欧州と地つづきだ。同文同種の国、という考えは通用しない。ニッポンは島国である。そして、とことん村の世界である。

村人たちは皆、顔なじみであり、血縁関係が入りまじっている。そこでは他人に合意させるためにことばをつくす必要がない。

まばたきひとつ、表情ひとつで意志が伝わる世界だ。

異民族や異文化と、こすれあいながら育ってきた国々とはまったくちがう。

かつて日本アカデミー賞の受賞者は、しばらく無言ののち、

「うれしいです」

と、ぽつりとつぶやいた。それで彼の挨拶は終った。満場、鳴りやまぬ拍手だった。

ある年の女優は、トロフィーをかかげながら、「歌いだしたい気持ち」と、だけ言ってほほえんだ。これも好感をもってむかえられた。

こうして私たちニッポン国では、ことばを使うことに対する軽視が生まれてくる。多くを語ることは、悪なのだ。

形だけの挨拶は、きくほうも退屈だ。だから参加者はスピーチを無視して、勝手なおしゃべりを堂々とくりひろげるのである。

どうせきかない客に対して、真情を語る必要もない。適当にお茶をにごして壇をおりる。

このくり返しの中から、

「語らず」「きかず」

の風景が生まれたのだろう。しかし、せっかくなにかしゃべるのなら、ちゃんとしゃべって欲しいし、それをききたいものだ。

戦後六十年、いまだに奇妙なパーティーが続く。

3

話は変って、最近つくづく奇妙に思うことについて書く。

地方の文化講演会や、大学の催しものに呼ばれて出かけることがある。

講演のはじまる前に、アナウンスが場内に流れる。

これが気になってしかたがない。

要するに聴衆への注意なのだが、すこぶる偉そうなアナウンスが多いのだ。

「場内での飲酒、喫煙を禁止します」

これはまあいい。常識にはいることだからだ。

それにしても、「禁止」という表現は、なんとなく偉そうだ。

「お控えください」とか、「ご遠慮ください」とか、そのくらいの言いかたではだめなのだろうか。

つづいて、

「本日の講演の録音、撮影は禁止します」。

ときには、「講師側の要望で」と、頼んでもいないことをつけくわえるアナウンスがあったりもする。

「携帯電話の電源はお切りください」

これはまあ、いい。

しかし、なにかにつけて、「禁止、禁止」と連呼して、しかもくり返しアナウンスされるのは、いやなものである。

中にはデジカメで撮影する人もいる。勝手に録音している客もいるだろう。

しかし、入口で持ち物検査をするわけにはいかない。何回、制止しても厚かましい人は平気で好きなことをやる。

そうであれば、注意は一回ぐらいでいいのではないか。せめて、「ご遠慮ください」とか、「お願いいたします」ぐらいの言いかたは、できないものだろうか。

ある大学の宗教学部の催事に参加したときもそうだった。野太い声で、三度、四度と禁止事項をくり返すのだ。人の気持ちを大事にする、という習慣が、この国にはない。

などと、言いながら、私自身も平気でそのような行動をとっているのだから恥ずかしい。

有名なレストランなどで、食後にコーヒーなどを飲んでいると、店の人が、

「お味のほうは、いかがでございましたでしょうか」

と、慇懃《いんぎん》にたずねてきたりする。

あれはマナーとして言っているのだろうか。それとも、客に本音をききたくてたずねているのだろうか。

客としては、

「いや、結構でした」とか、「なかなかおいしかったです。ありがとう」

とか、適当に挨拶するしかない。

そんなふうにたずねられて、正直に思ったとおりをずけずけと言えるものだろうか。

もちろん、そういう客もいるにはちがいない。

しかし、そこはふつうに応じるのが、まあ、大人の対応だろう。

塩味がたりなかったの、ソースが口に合わなかったの、思ったことをズケズケ言ったところで、デザートがまずくなるだけの話だ。

そもそも、客にそんな質問をするということ自体が余計なことだろう。まずいと思えば、次には行かないだけのことである。とびきりうまかったなら、どんなに高くても再度おとずれるのが客である。

食材の説明も、たどたどしい口調でやられると、面倒でしかたがない。

「これはトリュフと申しまして――」

などと説明されると、なんとなく馬鹿にされたような気分になったりもする。なかには長年、本場のフランス料理に親しんだ客がないとも限らないのに、あまりくどくどと初歩的なコメントを続けられると、内心、ふん、と思っている食通もいるにちがいない。

せっかく運ばれてきた料理を前に、ナイフとフォークを持つことさえできず、延々と解説をきく客の身にもなってもらいたいものだ。

最近、裏方、という意識がなくなってきたように思う。奥さんの方ではない裏方さんだ。映画のエンドロールでも延々とスタッフの名前が続くが、低賃金を名前を出すことでカバーしているのだろうか。スタッフとか、裏方とかいう仕事は、裏のプライドに支えられた立派な業種である。名前だけ出してチヤホヤしたりせずに、ちゃんと高いギャラをはらって、その労にむくいるべきだろう。

4

私は現在、ほとんど車のハンドルをにぎらない。

六十歳を境に、免許証を返上しようと思った。それをやめたのは、自由業という職業のせいである。

仕事を手伝ってもらっているK君から、

「貸しビデオ屋さんとか、いろんなところで身許証明が必要なことがきっとありますよ。お持ちになっていたほうが、何かと便利じゃないでしょうかね」

と、言われたためである。

考えてみると、たしかに日常、保険証やパスポートを持ち歩くわけではない。その点、運転免許証のほうが便利ではある。

返上を思いとどまったのは、それくらいの軽い気持ちで、もうハンドルは握らないつもりだった。

理由はいくつかある。

自分が加齢とともに運動神経がおとろえたこと。動体視力も若いころとはくらべものにならないほど低下している。

要するに年をとって、運転が下手になったということだ。

それだけではない。街中を運転していると、あまりにも腹の立つことが多いのだ。

まず、信号をきちんと出さないドライバーが多すぎる。

左折右折はいうまでもない。車線変更にしても、一時停車にしても、なぜニッポン人はちゃんと信号や合図を出さないのだろうか。

まったく信号を出さないかと思えば、そうでもないから腹が立つ。

割りこみをしてから信号を出したり、必要のないところで信号を出すのはなぜだろう。

ウインカーを出すぐらい、なんでもない手間だと思うが、それをやらない。

夕暮れどきや、雨天、霧の日などにスモールランプを点燈しない。

たぶんどんなライトでも、点《つ》ければバッテリーを消費すると思いこんでるのだろう。

トンネル内や、曇り日など、スモールが点いていると、じつに有難い。ところが、暗くなってもライトを点けない車が、いくらでも走っている。

安全だけの問題だろうか。それともマナーの問題だろうか。結局は想像力の欠如に原因があると思うのだが、どうなのだろう。

物食えば懐《ふところ》寒し秋の風

1

早寝早起きならぬ遅寝遅起きの癖《くせ》も、ここまできてしまうと、洒落《しゃれ》にもならない。毎日、朝日を眺めてからベッドにはいる健全な？　日々が続いている。

ひどい時は午前九時就寝、午後四時起床という逆転生活。

せめて午前四時に寝て、正午には目覚める堅気《かたぎ》の暮しを夢見ているのだが。

問題は、寝る前に本を読むことだ。これがまた読みだしたらおもしろくて、途中でやめる気がしない。

どうせ一度っきりの人生だろう、おもしろいことがあるなら後先考えずに没頭すればいいではないか。

こうして五時が六時になり、七時が八時になってしまうのである。

しかし、仕事の関係で、翌日、早く起きなければならない時もある。

今日は午後の新幹線で大阪へやってきた。車内でK軒のシウマイ弁当を食べようと思ったのだが、キオスクに売っていない。キオスクでK軒の弁当の取扱いをやめたのだろうか。

新大阪からホテルへ直行し、二階のカフェ・レストランで本口はじめての食事。夜の八時に朝食を食べるような生活は、もうやめよう。幸い翌日は正午起床のスケジュールだ。

深夜、ルームサービスのメニューをひろげる。カツ丼があるが、夜中にカツ丼はいかがなものか。カレーは、なぜかヴェジタブルのみ。たこ焼きのメニューがあるのが、さすが大阪のホテルだ。引退した阪神金本の回顧番組を見ながら、この日、二度目の食事。

明日は大阪国際会議場で「日本口腔インプラント学会　学術大会」の講演である。あらかじめいただいた分厚い学会誌をひろげて、受験勉強よろしく読む。

当然のことながら素人《しろうと》に歯の立つ内容ではない。しかし、知らない世界をかいまみるおもしろさもあって、つい時のたつのも忘れて読みふけってしまった。

いわく、

〈口腔インプラント治療におけるヒト培養自己骨髄間葉系細胞移植の有用性〉

〈毛羽立ち状ナノ構造体を介したアルカリ熱処理チタン表面の歯肉線維芽細胞接着および細胞機能への影響〉

〈ブラキシズム患者の長期経過症例におけるオッセオインテグレーションの喪失に対する補綴設計の工夫〉

などなど。

こんな研究工夫が積み重ねられて、今日のインプラントの普及があるのだと、あらためて驚く。結局、また朝まで起きてしまった。

午前十一時半起床。

目覚しを三つセットしておいたのだが、なぜか鳴る前に眠りからさめた。たぶん無意識に緊張していたせいだろう。ひさしぶりで午前中に起きたので、体がふらふらする。

国際会議場で一時間半の講演。

睡眠不足のせいもあって、自分でも不出来な講演だった。

帰りの新幹線の車中で眠ろうとするが、眠れない。

ぼんやりと窓外の風景を眺めながら、この半世紀の時代の移り変りを思い返す。

はじめて東海道線で上京したのは、一九五二（昭二十七）年だった。十九歳の春である。当時はまだ電車ではなく、機関車が引っぱる列車だった。九州から大阪をへて東京に行くには、二十四時間あまりかかった。大阪から特急でも十二時間を要したのだ。

トンネルにかかると、あわてて窓を閉める。煙が車内に充満することもあり、とてもいまでは想像もつかない大変な旅だった。

名古屋を過ぎて、急に空腹を感じる。考えてみると、今日はまだ何も口にしていない。楽屋でもらったサンドイッチを食べながら、なんという貧しい食生活だろう、と苦笑する。

人生、うまいものを食う楽しみを忘れて、いったいなんの意味があるのか。

一九五二年の頃は、何を食べていたのかと考えた。

大学に入ってから、文学部の地下の売店で、コッペパンをよく買って食べたものだ。ピーナッツ・バターつきが十五円。何もつけないコッペパンだと一箇十円。

ざる蕎麦《そば》が二十五円で、もりだと二十円だったと思う。

戸塚の安兵衛という店の前で、いつかはこんな所で飲み食いできるようになりたい、と切に思ったものだった。

学内の食堂は、高嶺《たかね》の花。値段はともかく、外食券というものが必要だったのだ。

いまはその気になれば、どんなものでも口にすることができる。学生時代の夢だったカツ丼など、百杯でも平気だ。ところが、悲しいかな食欲というものが、すっかりおとろえてしまっている。

乾いたサンドイッチをぼそぼそかじりながら、世の中ままならぬものじゃのう、と、つくづく思った。

2

このところ妙に雨が多い。

〈秋風秋雨人ヲ愁殺《しゅうさつ》ス〉

という文句がふと心に浮かぶ。

九月も後半にさしかかると、あっという間に夏は過ぎる。午後五時半になると、あたりはいつか暮れ方だ。

中国人には、秋が愁を感じる季節。

そもそも、愁《うれ》い、という字は「秋の心」と書く。

これに対して、日本人が好きな言葉に、「春愁」というのがある。

〈春愁や李朝の虎の下り眉〉

とかいう句もあった。なぜかどこかできいて、それ以後何十年も忘れることのできない句だ。

こういうふうに一定のリズムによって作られた文言は、妙に心に残り、忘れるということがない。

かつて二千数百年前、ゴータマ（釈迦）という人物の教えは、一定のリズムをもった詩として世に広まり、後に伝えられた。それが文字によって再構成され、経典として成立するのは、ゴータマが死んでかなりたってからである。

言葉のリズム。

これは永遠に不変の力をもっている。私たちは無意識にその力に身をゆだねているのだ。詩はもちろんのこと、宣伝のスローガン、商業的コピー、すべてがそうである。このコラムのタイトル自体が、「モノクヘバ　フトコロサムシ　アキノカゼ」と、いつのまにやら五七五の調子になっている。

リズムの中でも、ことに日本人の心情にしみついているのが、この五七五のリズムだろう。かつて第二次大戦後は、「奴隷《どれい》の韻律」などと、日本的リズムは目の敵《かたき》にされたこともあった。それでも五七調は、厳然と生きている。

昨日、『シルバー川柳　誕生日ローソク吹いて立ちくらみ』（ポプラ社刊）という瀟洒《しょうしゃ》な本と出会った。これは全国有料老人ホーム協会が主催する公募川柳作品から八十八首を一冊にまとめたアンソロジーである。

これを手にした人は、たぶん浮世の「愁」から一気に解放され、破顔大笑するだろう。血圧を心配している人は、この本を読むべし。定年後が気になる人、ボケを心配している人にも、絶対に効くはずだ。

川柳のおもしろさというのは、名句ひとつで十分というわけではない。一連の句が並立して時代の風景を描きだすところが、魅力なのである。

万葉集も、古今集も、アンソロジーとなってこそのおもしろさなのだ。

この「シルバー川柳」も、八十八句が一群となってつきせぬ興趣をかもしだしているといっていい。

タイトルともなっている句、

誕生日ローソク吹いて立ちくらみ（今津茂・作）

も、その他の数々の句にまじって、いっそう面白味がましてくるのである。

LED使い切るまで無い寿命（佐々木義雄・作）

三時間待って病名「加齢です」（大原志津子・作）

指一本スマホとオレをつかう妻（高橋多美子・作）

少ないが満額払う散髪代（林善隣・作）

お迎えはどこから来るのと孫が聞く（眞鍋ミチ子・作）

中身より字の大きさで選ぶ本（西村嘉浩・作）

できました老人会の青年部（後藤順・作）

なぁお前はいてるパンツ俺のだが（紫牟田健二・作）

デジカメはどんな亀かと祖母が訊く（長谷川しょう子・作）

定年だ今日から黒を黒という（荻原三津夫・作）

あんまりこの欄でいくつも紹介すると、本の売行きに影響しかねないので、この辺でとどめるが、どれもこれも思わず吹き出さずにはいられない迷句、名句ばかりである。
私は以前から川柳というジャンルが、いわゆる俳句よりどことなく格下にみられる風潮が気になって仕方がなかった。それは俳句は深遠な世界に通じる芸術かもしれない。しかし、時代を超えて日常ふっと頭に浮かぶのは、皮肉をまじえたユーモラスな川柳である。

釈尊《しゃくそん》はバカに話が上手なり

などという昔の句に苦笑しつつ、ブッダの生涯を思いおこしたりするのだ。

3

昨夜、打ち合わせの席で、このコラムの話がでた。読んでくれている人がいると思えば、続けて書く張合いもでてくるというものだ。

「イツキさんが引用されていた川柳の件ですがね」

「ハイ、ハイ、何か？」

「釈尊はバカに話が上手なり、という昔の川柳のことですが、私どもは、釈尊はたとえ話が上手なり、というふうに憶えているんですけど」

「それは言えてるね。ブッダは知識人に向けて説法するときには、むずかしい観念的な話をし、文字も知らぬ一般大衆には、たとえ話でいろんなことを語った。お経の中にも、ほとんどたとえ話に終始している経典もあります」

横から七十代とみえる眼鏡の人物が、口をはさむ。

「いや、釈尊は、じゃないんじゃないの、私が記憶しているところでは、釈迦牟尼はバカに話が上手なり、だと思ったけどなあ」

と、しばし古川柳の話で座が盛り上る。ことほど左様に五七五の調子は日本人の心にしみこんでいるのだ。

国民的俳人とはどういうものか、という説を読んだことがある。その評論家に言わせると、人びと誰もがスラスラと三句を口にできる作者を国民的俳人とするという。

なるほど。

芭蕉は三句以上出てくる。小林一茶もそうだ。与謝蕪村となると、ウーム、すぐに出てくるのは二句ぐらい。子規もまあ何とかなる。

しかし、個人的な好みは別として、その辺の熊さん、八っつぁんでも軽々と三句をあげられるようなら、たしかにこれは国民的大俳人というべきだろう。これが川柳となると、作者の名前がでてこない。そこがいいのだ。

俳句を外国語に訳すると、どうなるのか。〈ハイク〉のままでいいのかもしれない。「抒情味をおびたエピグラフ」と紹介してある論文もあるらしいが、ちょっとちがう気もする。

では、川柳はどうか。Willow riverでは洒落にもならない。ユーモアをおびたショート・ポエム、でもない。川柳のユーモアの背後には、日本人の深い無常観のようなものが流れているからだ。

物食えど腹ふくるる

1

ユッケによる食中毒事件があってから、焼肉屋は閑古鳥が鳴いているんじゃないかと思って、のぞいてみた。

これが満席である。肉を好む連中は、少々のことではへこたれないらしい。

そもそも肉食系には、草食系にないエネルギーがある。ちょっとやそっとのことで生き方をあらためようなどという思考はないらしい。

盛大に煙をあげてカルビを次々に口に放りこむ客たちの姿に、圧倒されるような迫力を感じてしまった。

粗食、少食、これが従来の健康法だったが、最近はちがう。風向きが変って、老人ほど蛋白質《たんぱくしつ》を多くとれ、という声がかまびすしい。

痩《や》せ型よりも、メタボ体型のほうが長生きだ、などとも言われはじめてきた。

さて、私たちとしては、どう受取るべきだろう。

粗食、少食が体に良い、という説には、それなりの歴史がある。断食療法などとともに、さまざまな例もあげられている。これをエビデンス（医学的根拠）と呼ぶのは、どうもしっくりこない。そもそも東洋系医学においては、物事を個々の症例に分析して判断しない伝統があるのだ。

肉食を推進する議論にも、一理ないわけではない。朝からビフテキよ、とおっしゃっていた女性評論家は、九十数歳の長寿をまっとうされた。

私はどちらかといえば、食は細いほうである。気がつけば夜まで何も口にしていない、などという日も少くない。ふつうに食べても一食半という程度だ。

2

古い言葉に
「物言わぬは腹ふくるるのわざ」
というのがある。
言いたいことが山ほどあるのに、ぐっと腹におさめて我慢していると、モヤモヤが体いっぱいにたまってくる、というような意味だろう。

このことばを、高校の古典の時間に教えられたときは、さして感心することもなかった。意味を解釈するだけで、実感として納得するところがなかったのだ。

年をとるにつけて、高校生のころ何気なく見すごしてきた古いことばやことわざが身にしみるようになってきた。

「腹ふくるる」というのも、そのひとつである。

私たちは言論の自由ということを、あたりまえのように思っている。自分の考えを口にしたり、書いたりする自由は、天与の権利のように考えている。

しかし、「言論の自由」なんてものが公然と保障されたのは、一九四五年夏の敗戦の後のことだ。

それまでは明治以来、言論の自由などというものは、有って無きが如きものだった。

明治初期から大正にかけては、さまざまな抵抗運動があった。政府の圧力に屈せず、文筆、言論をもって戦った異端の人びとは少くない。

しかし、その自由は公《おおやけ》に、そして世間にひろく認められていたわけではなかった。

北原白秋の青春期の詩友に、中島白雨という少年がいた。彼は九州福岡の地方に住みながら、白秋とともに詩を書き、独学でロシア語を学んでいた。おそらくロシア文学に深く傾倒していたのだろう。

やがて、ロシア討つべしの気運が熱病のように世間にひろがり、国民大衆の世論となる。

そして、ある日、中島白雨はみずから命を絶つ。自殺したのだ。

彼を自殺に追いこんだのは、

「あいつはロシアのスパイだ。ロシア語を勉強しているのが、その証拠だ」

という世間の圧力だった。その非難に対して、白雨はみずから短刀で自裁したのである。

当時は、ロシアのスパイのことを、「露探《ろたん》」と言った。「露探」に対する国民大衆のそれが列島を席捲《せっけん》していたのである。政府当局とメディアが、その気運をつくりだし、過熱させたのである。

物を食っても、腹がふくれず、食わなくとも腹にもたれる。奇妙な時代がきた。

「物言わぬは腹ふくるる」という言葉が真実なら、言いたいことを言えばさぞすっきりするだろう。

しかし、いまの時代は、言っても言わなくても同じことのような気がする。言わずとも、べつに不快感はない。といって、言いたいことを言ったからといって、日ごろの胸のつかえが解消するわけではない。また、その逆に、沈黙を守っていても、いたたまれない気持ちになるわけでもない。

要するに、どっちでも快、不快に関係がないのである。

新聞を読む。テレビを見る。人の話をきく。そこで目新しいニュースに接しても、大したショックはない。

もう、これ以上はありえない、というような衝撃的な情報をイヤというほど突きつけられてきたからである。

私は昭和二十年の夏、外地で敗戦の知らせをうけた。それ以後は、どんなニュースに接しても驚くということがなかった。

天皇の玉音放送を耳にして以来、何があってもおかしくはないと思っていたのだ。その後の生活は、余生、という実感がどこかにあったからである。

神国日本の敗戦とは、軍国主義下に育った少年にとって、それほど大きな事件だったのだ。

二〇一一年五月二十四日付けの朝日新聞夕刊で、民俗学者、沖浦和光《おきうらかずてる》さんのインターヴューを読んだ。「人生の贈りもの」という連載記事である。

沖浦さんは、私のもっとも尊敬する学者のお一人である。心の中でずっと、現代の菅江真澄、生きている宮本常一、と思ってきた。

その沖浦さんのことばの中に、

「父親は演劇好きのリベラリストで、『こんな戦争は負けだよ』と言っていたし、私も中学校は私学のミッションスクールで、戦時中も日本神国論のような教育は受けなかった（後略）」

ということばがあった。それを読んで、あらためてため息をおさえることができなかった。

人の住む世界はさまざまだなあ、とつくづく思う。あの時代に、親戚にそんな伯父さんの一人でもいたら、軍国少年の視野も少しはひろがっていたのかもしれないのだ。

沖浦さんとは、何度もご一緒に旅をしたのだが、あの自由な発想と身ごなしは、戦争中にそんな環境に育った少年だからこそのものだろう。

いま、この目の前の現実を前にして、私は自分の視界を真逆に向けなおして時代を見るぐらいの覚悟が必要かもしれない、と、あらためて思うのである。

3

「物言えども腹ふくれず」というフレーズの意味がよくわからない、と、何人もの読者から言われた。

たしかにふつうの発想からいえばヘンだろうと思う。だが、これでいいのだ、という感覚がいまの私にはある。

つまり現在は、すべての文法が通用しなくなった時代なのだ。1プラス1が2、ということはない。4マイナス2が2、ということもない。いまの世の中を見れば、だれでもそう感じるはずである。

すべてがグジャグシャになってしまった、と最近つくづくそう思う。いま私たちの前にひろがっているのは、戦後二度目の焼け跡闇市の光景なのである。

「焼け跡闇市」

ということばも、すでに死語となった感がある。若い人たちには、「パンパン」ということばと同じく、何のことやらさっぱりイメージがわかないことだろう。

「焼け跡闇市」とは、一九四五年夏の敗戦直後の大都市の眺めである。物理的にもそうだったし、精神面でもそうだった。

それまでの常識がひっくり返って、なんでもあり、の時代が突然、目の前にひらけたのだ。

それまでヤマトナデシコとほめたたえられていた女性たちが、きのうまで鬼畜とよばれていたアメリカ兵と腕を組んで歩く。それは一種、爽快な逆転の風景でもあった。どんな無茶苦茶な論理でも通用する時代だったのである。

いま、目の前にある風景は、六十年前とはちがう。一切の論理はくだけ去ったが、そこにはかつての呆れるほどの逆転の爽やかさはない。

いまここにあるのは、陰鬱《いんうつ》な「焼け跡闇市」の眺めである。メルトダウンしたのは、核燃料だけではない。

若いころ、歴史学者の羽仁五郎《はにごろう》さんと「週刊現代」で対談をしたことがあった。当時、『都市の論理』という本で、若い学生たちの間に一種の羽仁ブームがまきおこっていた時期である。

そのとき、羽仁さんは口から唾《つば》をとばしてこう力説していた。

「キミね、人類の歴史はアウシュヴィッツ以前と、アウシュヴィッツ以後に二分されるのだよ。しっかりおぼえておきたまえ」

もしいま、羽仁さんが健在だったら、「フクシマ三・一一以前と以後」と、きっと言われただろうと思う。

4

午前六時に寝て、午後一時過ぎに起きる。五十年あまりそんなバカな生活を続けてきた。早寝早起きとは、正反対の暮しである。

当然、朝食ということはない。夕方、サンドイッチや、麺類で軽く最初の食事をする。夜、九時か十時ごろになると、腹がへってくる。以前は深夜までやっている店が、いくらでもあった。夜ふけの食事の場には、こと欠かなかったものである。

最近、いろんな店が早くクローズするようになってきた。昨夜、十時半ごろファミレスにいくと、「ラスト・オーダーの時間が過ぎました。すみません」と謝られた。なるほど、閉店時間を切りあげる旨のビラがはってある。

いつも打ち合わせに使っているコーヒー・ショップも、七時半閉店となった。

どうやら国民総早寝早起きの時代にはいってきたようだ。これまでのような生活を続けていたら、

「非国民！」

と、つるしあげにあいそうな気配。

この「非国民」ということばほどイヤなものはない。戦時中、「ゼイタクは敵だ！」というスローガンがあった。いまならさしずめ流行りのコピーというところだろう。

この「ゼイタクは敵だ！」という文句には、有無《うむ》を言わせぬ強制力があった。街を歩く和服姿の女性をとり囲んで、ハサミでたもとを切ったりする愛国者グループがいたものである。

「パーマネントはやめましょう」という標語もあった。米英的である、というのがパーマネントに対する批判となったのだ。

そのうち、「夜ふかしはやめましょう」とか、「深夜族は敵だ！」とか言われるようになるのだろうか。

才能あるコピーライターは、きっとそういう風潮がでてくれば、名コピーを書くにちがいない。

「物言わぬは腹ふくるるのわざ」という。しかし、何か言えばスッキリするというわけでもあるまい。時流に乗じて世間を動かすような名コピーを世に送ったとき、はたして爽やかな気分になれるだろうか。

物を言わずに沈黙していることは、たしかに「腹ふくるるわざ」だろう。しかし、いま私たちの生きている時代は、「物を言えば言うだけ腹ふくるる時代」なのではないか。

どちらにしても胸のつかえが解消されるわけではない。むしろ「物言うことも腹のふくるる」時代なのである。

体に良いことと悪いこと

1

タバコは吸わない。若いころは吸っていた。

はじめて煙を体に入れたのは、十三歳のときである。

敗戦直後の混乱の中で、中学一年生の私も、いっぱしの不良を気どっていた。

先輩のまねをしてタバコを吸うのだが、決して旨《うま》くはない。要するにカッコつけだ。

高校生のときも、隠れてときどき吸っていた。上京して大学に入ると、文学青年でタバコを吸わない奴はいない。当然のように一日中、タバコをくわえて暮していた。

三十代も吸っていた。だが、そのころから、妙に呼吸が苦しくなってきた。

吸う息は平気なのだが、吐くほうがスムーズに吐けないのである。なんだか肺が古いゴムのように弾力性を失った感じだった。

地下鉄に乗ったりすると、やたら息苦しさをおぼえる。

後年、そのころの症状を医者に話したら、「初期の肺気腫《はいきしゅ》かな」と言われた。なんだかよくわからないが、呼吸がうまくいかないのは、ひどく気になる。タバコを吸った後など、ことに苦しい。

「やめてみようか」と、思いたったのは、四十代のはじめのころだった。ためしに吸うのをひかえると、なんとなく調子がいい。それはいいのだが、タバコを手放してみると、やたら手もちぶさたなのである。ことに人と接しているときが、時間がもたない。

「そうですねえ」

と、そこで一服つけて、やおらこちらの要求をもちだす場面など、まったくさまにならない。

タバコの効用というのは、単に生理的なものでないことがしみじみわかった。独りでいても口さびしい。チューインガムを噛《か》んだり、キャンデーを口にしたりと、あれこれ苦心する。四、五年そんな状態がつづいたのち、やっとタバコ抜きの生活が気にならなくなった。

それから三十数年、タバコとはすっかり縁が切れてしまった。しかし、十三歳から四十代までの三十年間の喫煙生活が清算されたとは思っていない。

いまでも他人の副流煙を横で吸うのは、わりと好きなほうである。

そういうと調子のいい応対にきこえそうだが、これは本当のことなのだ。つれあいはヘビー・スモーカーである。むこうはしきりに気にするのだが、私はいっこうに気にならない。むしろ鼻をヒクヒクさせて流れてくる副流煙をあじわったりする。

そうかといって、新幹線の喫煙車にのる気はしない。

友人の作家が、禁煙席に坐っていて、

「ああ、タバコが吸いてえ」と、ため息をつく。

「喫煙車に移ろうか」と、私が言うと、冗談じゃないという顔をして、

「あんな空気の汚ないところで吸いたかねえよ。きれいな空気の中で一服したいんだ」

勝手な話だが、その気持ちはわからないでもない。もうもうとカスミがかかったような車内でタバコを吸ってもうまくはないだろうと思う。

さて、タバコは体に悪いのか。

いまの常識からいえば、悪いにきまっているらしい。最近は禁煙ゾーンがやたらと増

えてきた。

タバコの煙が嫌いな人は少くない。流れてくる煙だけでセキがでたり、息苦しくなる人もたしかにいる。

「おれの健康はおれの勝手だ」では、通らない時代だ。

それにしても、私の知人、友人でやたらタバコを吸うくせに元気な人物は、かならずしも少くない。

酒もタバコもやらず、早く世を去った友達も何人かいる。

タバコの害は、すでに医学的に証明されているとはいえ、人体は複雑な組織である。いらいらして気が立ったときに一服し、「あー、やれやれ」と、ほっとくつろぐときのタバコは、はたしてプラスかマイナスか。

時と場合に応じて結果は変る。人間は状況の産物なのだと親鸞も言っているではないか。

2

目をさますと、まずコーヒーを一杯のむ。

かならずしもカフェインを必要としているわけではない。一種の生活習慣なのだ。

ほぼ平均して一日に三杯から四杯のむ。打ち合わせが続く日など、もっと多くなることもある。

顔合わせをして、とりあえず何か飲みながら話がはじまる。タバコを吸う相手だと、失礼します、とか会釈しながらタバコをとりだす。

夜の会合とはちがうから、「とりあえずビール」というわけにはいかない。初対面の相手と仕事の話などをする時には、まずコーヒーだ。

そんな場面で、

「ぼくはカフェ・オレ」

「アールグレイの紅茶を」

などと凝ったことを言いだすのは、なんとなくそぐわない。エスプレッソも、カプチーノも、いまひとつだ。

先日、読んでいたミステリーの中に、こんな会話があった。場所はイタリアのボローニャである。

「夕方にカプチーノを飲むなんて」

いったいカプチーノは、どんな時間に飲むのがふさわしいのだろうか。

とりあえず、昼間の打ち合わせだと、コーヒー、となる。ふつうのブレンドだ。

そんなわけで、一日に何杯もコーヒーを飲むと、つい心配になる。カフェインのとりすぎは体に良くないんじゃないか、などと思ったりする。

これには諸説あって、はっきりしない。もちろんカフェインの過剰摂取が良くないことはわかっている。

生活習慣病の改善アドバイスでは、一日ほぼ三杯までぐらいが適当でしょう、などとある。

しかし、一方でカフェインがガン予防に役立つという説もある。ボケ防止の役に立つという専門家もいる。さまざまな説が入り乱れて、定説がないところが悩ましい。

結局はニコチンにしても、カフェインにしても、自分で自分の適量を決めるしかない。

私にとっては、たぶん一日三杯ぐらいが適量だろう。コーヒーは体に良い、と思って飲むことが大切だ。

タバコもそうである。医師がなんと言おうと、自分の心身にとって役立つと考える。マイナスとプラスを差引けば、タバコも悪くないと思いながら吸えばいいではないか。

すべては自分である。

「天上天下唯我独尊《てんじょうてんげゆいがどくそん》」

ブッダの伝説に出てくるこのことばを、私は私流にこう読みかえている。

「この世の中に、自分という存在はたった一人しかいない。だからこそ尊いのだ」

世界の人口が何十億人であろうと、自分はただ一人の自分である。まったく同じ人間はこの世にはいない。

それにもかかわらず、あらゆる常識は、すべての人間が同一であるかのように扱う。そうでないと「規格」というものが、なりたたないからである。規格が成立しなければ、商品はできない。

現代とは、商品社会である。思想も、科学も、信仰も、すべて商品化されなければ存在できない。

こうして、本来「唯我」であるところの私が、人間一般として扱われ、規格化される。市販薬の説明書を眺めてみよう。「十三歳以下」と、「大人」とに区別されて使用量が指示されている。

しかし、体重八〇キロの子どももいれば、五〇キロ未満の成人もいる。私はいま五八キロ程度だが、二倍以上の体重をもつ力士と同じ量が適当なのだろうか。

人間は一人一人みなちがう。ちがうけれども、それを個々に見ていたのでは、商品化は不可能だ。そこで一般規格が私たち全員に適用されることになる。

Aの人に良くても、Bの人に悪いということは数多くある。一般的に言えばそうだろうが、自分にはあてはまらないことは数々ある。

昨夜、NHKが放送番組を単行本化している本を読んでいたら、早寝早起きの効用がしきりに力説されていた。しかるべき専門家の意見だから、なかなか説得力がある。

私は五十年来、夜明けに寝て午後目覚める生活を続けてきた。たぶんこのまま死ぬまで夜型人間として暮すにちがいない。

世界のどの国でも、古来、聖なる時間というのは、午前三時ごろとされてきた。わが国でも「あかつき」が示現の刻とされる。「あかつき」とは、夜明けに先だつ闇のもっとも深い時刻のことだ。アラブ、イスラム社会でも、その時間を神聖な時とした。その時間に目覚めて思索するために、コーヒーが用いられたという。夜更《ふ》かしもまた、大事なことではあるまいか。もちろん、少数者の意見である。

肉は食べるな、野菜を食え、とは呪文のように言い続けられたセリフである。

最近、すこし風向きが変って、肉を食べることは決して悪くない、という意見がでてきた。

これは当然だろうと思う。

肉も食い、野菜もうんととればいいのだ。肉か野菜か、魚か肉か、といった二者択一が問題なのは自明の理である。

「中道」を仏教では教える。

戒律は守ったほうがいいが、破るときも人間にはある。「戒」とは達成目標のことだと考えれば、あまり騒ぎたてることはない。

メタボは危ない、と、国をあげて叫んでいたのは、ついきのうのことだ。しかし、最近では、少し小肥《こぶと》りのほうが良い、といろんなひとが言うようになった。

私も実感としてそう思う。敬愛する帯津良一《おびつりよういち》さんは、見事な小肥りである。お酒も飲むし、肉も食べる。

要するに、なんでもほどほどに、ということだろう。そうなれば、真理とはなんと平凡な、なんと月並みなものであるかと痛感する。

しかし、目のウロコが落ちるような真実や真理というものは、本当は存在しないものなのではあるまいか。

月並みにこそ真理はある、と言ってしまえば、なんとなく味気ない。だが、それが事実ではないかと最近、思うようになった。

この、ほどほどに、というのは、言うはやすく、行うのはむずかしいことだ。過ぎたるはなお及ばざるが如し、と、心ではつぶやきつつ、過ぎることを思う。それが人間の業《ごう》というものかもしれない。

体に良いこと悪いこと、など、誰もが本当は知っているのだ。わかっているのに、あれこれ理屈をつけてやらないだけだろう。

いま、ベッドの端に腰かけて、すこぶる不自然な姿勢でこの原稿を書いている。一昨日からギックリ腰が出て、どんな姿勢になっても苦しいのだ。しかし、こういう格好で原稿を書けば、なおさら腰に悪いことは自明の理だ。それにもかかわらず、やめないのは何故だろうか。

そもそも人間には、悪いほうへ悪いほうへと傾斜していく本能のようなものがあるのかもしれない。

タバコを吸うのも、大酒をのむのも、緩慢な自殺への憧れのようなものが習慣の背後にひそんでいるのかもしれない。困ったものである。

怪談あれこれ

1

都市伝説というものがある。

伝説とはいっても、そんな大昔の話ではない。子どものころ、友達とひそひそ話しあっては、怖がったものだった。

「赤マント　青マント」

などという伝説も、小学生のころは大いに流行《はや》った伝説のひとつである。

しかし、現代社会においても、さまざまな情報があふれ、その中にはぞっとするような話もある。

活字になった情報でも、どこか伝説めいていて、その真偽をたしかめようがない。

新聞や週刊誌ばかりでなく、テレビからも、毎日のようにそんな伝説があふれだしてくる。

おそらく事実なのだろう。ただ、数字となると確認がむずかしい。統計というやつは、時間と場所の設定によって、いくらでも変化するからだ。人為的な操作もできる。

少し古い情報になるが、「ビッグイシュー日本版」という雑誌の切り抜きに、インドの話があった。昨年秋の号に目にした記事が、気になっていたのでスクラップしておいたのだ。

《消えるインド人女性・五千万人が「行方知れず《ゆくえ》」》

というタイトルの文章である。その一部を紹介すると、内容は「男児より四〇パーセント高い女児死亡率」という見出しに続いて、こういう記事がのっている。

勝手に要約するより、原文を一部そのまま転載し引用させてもらうことにしよう。

《五千万人もの女性が、男尊女卑の文化の犠牲となり、インドから「行方知れず」になっている。

男児は将来、家計を助けるということで尊ばれる一方、女児は結婚の際に持参金（ダウリー）が必要となり、お金がかかると考えられている。そのため性別によって中絶する家庭も多い。

また五歳以下の女児、妊婦の生存率はきわめて低く、名誉殺人なども横行しているため、人口の男女比はきわめていびつだ。
驚くことに、この事実は国内メディアで報じられることはほとんどない。(中略)
毎年、インドでは百万人以上の女性の胎児が中絶されている。
ビハール州のある村では、分娩時に女児を殺害することで報酬を得たことを認めている。
また、結婚間もない妻が持参金が少ないために夫やその家族によって殺される「ダウリー殺人」も数多く報告されている。(中略)
医療が進むにつれて胎児の性別を確認するのが容易になり、たとえば、胎児の性別確認キットがインド人コミュニティをターゲットにインターネット上で売買されている。
そして、インド人コミュニティが富むにつれ、結婚持参金の額も高くなり、それに関連した殺害も増えることが予測されている。(後略)》
ビハール州には、かつて行ったことがある。ウッタルプラデーシュ(UP)州とともに、貧しさが目立った地方だった。
私がこの記事の中で、ことに気になったことばが二つある。
「名誉殺人」

「ダウリー殺人」の二つだ。

「名誉殺人」というのは、現在も残っているといわれる古い社会的慣習である。これは被害者が女性に限られ、加害者が男性にリードされる複数の家族、親族らであることが特徴だ。

女性の結婚前の性交渉と人妻の不倫は、「名誉殺人」の対象となる。もちろんいまでは都市生活の拡大とともに、古い慣習は姿を消しつつあるだろう。

しかし、インドは世界有数の大都市をもつとともに、深海のような奥深い暗黒地方を背おった亜大陸だ。

私がゴータマ・ブッダの足跡をたずねて、彼の最後の旅となった地方を訪れたときに見て感じたのは、ブッダが生きていた当時とほとんど変ることのない集落の暮しだった。

ブッダはその地方の貧しい村で、鍛冶《かじ》屋の子のチュンダから、食事の供養をうけ、そのときに食べたものがもとで食中毒となり、クシナガラの林の中で行き倒れになった。

私が訪れた集落は、その村だったといわれていた。そこに見られたのは二千数百年前とおそらく変らぬ風景だった。

その集落は、電気も通じていなければ、もちろん水道もなかった。村の中央の広場に井戸があって、行列ができていた。

水は濁って、水量もとぼしい。

道端で鍛冶屋がトンテンカンと、赤い鉄を叩いている。どうやら稲刈りに使う鎌《かま》をつくっているらしい。手動のフイゴで風を送るやり方は、はるか古代からのものだろう。

牛糞を燃料に使うために乾かしている小路を、子どもたちが走り抜ける。大人も、子どももみなはだしだった。

紀元前、何百年か前に、こんな集落でブッダは貧しい男から食事の供養《くよう》を受ける。それは豚肉だったとも、キノコ料理だったともいわれる。

たぶんその料理の材料が腐敗していたのだろうか。一口、口にふくんだブッダは、他の弟子たちにそれを食べないように指示する。

とぼしい家計の中から精一杯のもてなしをしてくれた鍛冶屋の息子の好意を無駄にしないようにと、彼自身は思いきってその臭いのする料理をのみこんだにちがいない。

やがて腹痛をおこし、下痢をしたブッダは、その後、クシナガラで倒れることになるのである。

そんなインド亜大陸の奥の深い深い暗闇を想像すると、いくら都市部が近代化したとはいえ、沼のような深く広くひろがる地方の因習を思わないわけにはいかない。

「名誉殺人」もそうだが、インドにおける女性差別もまた深く重い。

制度的なそれよりも、感覚として人びとの意識の底に横たわるそれは、白いことが美しい、という感性と同じように、一挙に消え失せることはないだろう。

持参金の額によって、嫁がとつぎ先から迫害される話は、はたして過去のものなのだろうか。

日本でも地方によっては嫁入道具を披露するような風習は残っている。しかし、それがまさか殺害にまで発展することは考えられない。

ＩＴ企業や、自動車産業の発展によって、インドの近代化が世界に知られるようになった。

しかし、私はあたかも伝説のように語られる古いインドの物語を、単なる昔の怪談としてきくことはできないのだ。

2

いま、岐阜県の中津川の駅のホームで、この原稿を書いている。恵那から車で中津川へ、そして〈特急しなの〉18号で名古屋へむかうのだ。

十月の中津川の空気は冷たい。

雨がびしょびしょ降りつづいていて、途中、恵那の山々の山容もかすんでよく見えなかった。

土産にもらった栗きんとんの包みが重く感じられるのは、昨夜、ほとんど眠っていないせいだろう。

台風がくるのだろうか。雨はますます激しくなってきた。

地方の駅で、乗り継ぎの電車を待つ気分は、なんとなく歌謡曲だ。ホームには人影もまばらで、蛍光燈の明かりも寒々しい。

先日、七十七歳を迎えたばかりだが、いったいいつまでこんな旅から旅の暮しが続くのだろうか。

雨にけむる駅周辺の景色を眺めながら、ふとインドの雨期のことを考えた。

ブッダとその仲間の出家者たちは、もっぱら旅をし、説法をし、俗人からのサポートによって暮し、修行した。

ただし、雨期だけは、雨安居《うあんご》といって、一カ所に集まり、そこに滞在して法論をたたかわせたり、精神統一にはげんだりした。その施設が祇園精舎《ぎおんしょうじゃ》とか、竹林精舎とかいわれる場所で、ブッダに帰依《きえ》する富豪や王などが寄付したものである。

インドの雨期というのは、現在にもましてすごいものであったらしい。インフラなどなきにひとしい時代だから、なおさらである。

道路は水没し、橋は流され、山道は崩れ、交通は不可能となる。

疫病、伝染病がひろがり、山賊も横行する。とても伝道布教などできる状態ではない。

そんな中で盗賊が休まずに活動していたというのは、不思議といえば不思議である。

私がインドを訪れたときも、早朝、ブッダの遺蹟をたずねたときは、ガードマンがついた。それほどの辺地でもなかったのだが、夜間や早朝には盗賊が出るからというのである。

二十一世紀に山賊や盗賊などときくと奇妙な気がするが、IT産業で活気を呈しているインドも、一歩その内陸部にふみこむと、古代、中世そのままの現実がひろがっているようだ。

中国も、インドも、私たち島国の人間には想像もつかない広く深い国なのである。

3

台風一過、とはよく言ったものだ。

例によって午後に目覚めると、ピカピカの秋晴れである。

空も美しい。樹々の緑も美しい。若い娘さんたちの行きかう姿も美しい。

変化があるということは、じつに大事なことだな、と痛感した。

リーマン・ショックも、すでに伝説である。

こんどのアメリカ金融工学の崩壊以後、どれほど多くの経済本が出版されたことか。

バブル崩壊後もそうだった。経済学者や評論家、ジャーナリストなどによって、無数の本が書かれた。なぜバブルは崩壊したのか。その原因は何か。犯人はだれか。

いまもなお続々と今回の「百年に一度」の経済危機の原因を語る本が出版されている。

後だしジャンケンは、もうやめてもらいたい、と、つくづく思う。

トンデモ本でも陰謀史観でも、なんでもいいから先のことを語ってほしい。すんだことを分析して、さかしげに言いたてる言説には、もうだれもがあきあきしているのだ。終ってしまったことなど、本当のところは何もわからない。それが真実なのである。この国の近代化の過程について、さまざまに語られている。しかし、歴史とは証拠を示して解決するようなものではない。

偶然もある。気まぐれもある。狂気もあれば、冗談もある。しかし、そういうものを要素として加えてしまうと、学問はなりたたなくなってしまう。

未来の予測もそうだ。大地震や火山の爆発、伝染病の大流行、戦争、その他の要因を、くまなく考慮した未来予測などありえない。

ありえないのだが、現実にはありうるのである。

原発の事故は、実際におこったのだ。

世界の未来を正しく予測することは不可能である。もしあるとすれば、世間でトンデモ本あつかいにされている説の中から、偶然に的中するものが出てくるのかもしれない。

怪談は人間同士の物語だけではない。経済にも、政治にも怪談はある。いや、怪談だらけの世界かもしれない。それでも過去の分析より、未来の怪談のほうがおもしろいのだ。

銭の世とはなりにけり

1

私の学生時代、というと、一九五〇年代のことになるが、なんだかやたらと金のない時代だった。

もちろん、あるところにはあったはずだ。朝鮮戦争の特需景気などもあって、成金はごまんといた。

しかし、私たち学生の周辺は、特需なんてものは関係なかった。アルバイトも少く、仲間のだれもが金に困っていた。

当時、よくお世話になったのが、質屋さんである。何かモノを持っていってあずけ、なにがしかの金を借りる。利子は一割である。

一度、どうしても必要な金を作るために、仲間の辞書を質屋に持っていったことがある。辞書が質種《しちぐさ》になった時代というのは、なんとなくのどかな気がして、懐しい。

『ウシャコフの露露辞典』という、分厚いロシア語の辞書だった。いくら貸してもらえたかは、もう忘れてしまっているが、そこそこの金額だったと思う。

布団《ふとん》を持ちこんで、イヤな顔をされたこともある。腕時計とか、ステレオとか、そんな洒落た品は身のまわりにはなかったのだ。

当時、新宿にあった「K」という質店が、まだ健在なのでびっくりしたことがある。先日、新宿を車で通ったときのことだ。

一九五〇年代から現在まで、移り変る世の中をしぶとく生き抜いてきた店も、大したものである。

質物をあずけて金を借りる、という商行為は、この国では中世以前からあったらしい。貨幣経済が一般化する前は、モノを貸してモノで返すやり方がひろくおこなわれていた。

京の都では、十一世紀ごろからぽちぽち町に質屋に似た商売の店があったようである。やがて「借上《かしあげ》」という金融業者が登場し、鎌倉・室町期にはいると「土倉《どそう》」という金融業者が大活躍する。

火災や盗賊にもつよい重厚な倉をもっていたから「土倉」といったのだろうか。

庶民相手の質の店とちがって、大金を動かす業者である。朝廷、幕府、領主、商人などを相手に金融の取引をし、大きな力をもつようになる。

当時の支配階級全体をうごかす、パワー・グループである。彼らの組合というか、集団を「行」といった。いまの銀行の「行」もそこからきているのだろう。

公家《くげ》の世から武者の世になった、と当時の文化人である慈円はなげいたが、いかにもカマトトっぽい。実際には貴族も武士も、首根っこはその「行」におさえられていたと言ってもいいだろう。要するに体制的な「銭の世」がはじまっていたのである。

2

「光は東方から」

というが、まさしくそのとおりだ。文明のほとんどはオリエントからもたらされている。ワインやビールも紀元前数千年のメソポタミア地方が発祥《はっしょう》の地だというし、法律、医学、物語、数学、天文学、ビジネス、などなど文明といわれるものは、そのほとんどが東から西へ伝わった。

人類最初の文字である楔形《しょうけい》文字を使いはじめたシュメール人は、物や金に関するさまざまな規定をさだめた。

まず税金。

穀物や木材、金属や布、その他さまざまなものが国に徴収される。保管し、その配分を決め、記録を残すことが必要だ。

彼らはそれを粘土板《ねんど》にきざみこんで残した。粘土板は焼きを入れると半永久的に保存できる。

決算報告書から、在庫管理、不動産取引や金利にいたるまで、粘土板にきざまれた記録がこうして残された。その中には、金銭の貸借システム、利息の定め方など、さまざまな規制があった。金利の上限規定も定められた。

それらの粘土板のことを「タブレット」という。現代のタブレットと同じだ。銀または穀物が主な交換物だったらしい。

日本でも人民から税を取りたてるためのシステムは、早くから整備された。

春に種モミなど原材料を農民に貸し、秋の収穫後に返済させるという「出挙《すいこ》」という契約である。官による「出挙」の利率は、五〇パーセントだったという。

ただし、室町時代になると「利倍法」とかいう法律が定められて、利息はどれほど積み重なっても元本を超えないことと定められていた。

そもそも「利息」ということばは、中国の史記から来ているのだそうだ。『史記』の中に、

「息は利のごとし」

という文句があるという。なんだかよくわからないが、古代から金利があり、貸し借りが世の中に横行していたことは納得できる。

やがて貨幣が流通しはじめる。牛とか、麦とか、布とかだけでは交換に不便だったからだろう。紀元前七世紀のスタテル貨をはじまりとするのが定説らしい。いわゆるコインの誕生である。

3

以前から、なんとなく気になっていることがあった。

遊女、つまり売春に従事する人びとの歴史は、ほとんど文化の発生と同じほど古い。古代、中世の初期、貨幣というものが流通していなかった時代のことを考える。売買春の良し悪しを語っているのではなく、歴史上の事実について推理しているのだ。かりに遊女と交渉が成立して事におよぶ。その後の支払いは、どうしたのだろう。

銭というものが一般的でなかった時代、人びとは米や麦、また布や反物などを物々交換した。

牛が使われた時代もあったという。ワインと牛とを交換したという記録も残っている。

しかし、もしかりに酒に酔って、遊女と遊びたいと思い、怪しげな場所にいく男は、何を持参したのか。

まさか米を袋につめてさげていったり、反物《たんもの》を担《かつ》いででかけるわけではあるまい。いや、ひょっとして子豚とかニワトリ数羽をぶらさげて出かける場合もあったかもしれない。

昔、長崎の丸山の有名料亭できいた話に、こういうケースがあった。

オランダなど、異国船が出入りし、外国人客が往来していたころの話である。

当時は、砂糖がすこぶる貴重品だった。そこで、かつての丸山遊廓に遊びにくる外国人船員たちの中には、砂糖を袋に入れて持参し、遊女への代価として支払う者がいたという。

白砂糖ならまだ様《さま》になる。しかし小麦や大豆を抱えて遊女と遊ぶというのは、いささか野暮《やぼ》な話ではある。

日本でも七、八世紀ごろには、銀銭、銅銭の記録がある。唐の開元通宝をまねた貨幣があったというのだ。八世紀はじめに造られた和同開珎《わどうかいちん》がそれだが、貨幣価値の下落、その他質の問題が多く、やがて十一世紀になると銭貨の通用が非常におとろえるという現象がおこった。

そして驚くべき事態がはじまる。わが国で外貨がひろく通用することになるのだ。当時の外貨とは、中国渡来の北宋銭《ほくそうせん》であった。

「渡唐銭《ととうせん》」ともよばれた宋の貨幣が、おおっぴらに通用したのだ。かつてソ連や東欧やラテンアメリカ諸国で、ドルが通行したのと同じだろう。先進国、強国の通貨は、いつの時代にも強いのである。

『日本の中世3「異郷を結ぶ商人と職人」』（笹本正治著／中央公論新社）によると、

《（前略）日本では十世紀半ばで皇朝十二銭《こうちょうじゅうにせん》の鋳造が中止されると、近世に至るまで国家規模で鋳銭事業が行われることがなかった。（中略）中世でも銭貨は広く流通していたが、その銭は基本的に輸入されたものだった。（後略）》

要するに平安末期から鎌倉初期にかけてのこの国では、もっぱら外貨が流通していたのである。

律令国家が作った銅銭が使われたのは十世紀末ごろまでで、ふたたび、布や絹、米などが通貨として用いられ、やがて中国からの外貨がしきりに流通するようになっていく。この宋銭を大量に輸入したのが、平清盛《たいらのきよもり》である。そのほとんどが北宋銭だった。また、中国だけでなく、高麗や安南（ベトナム）の外貨も、流通したらしい。当時から日本列島は東アジア全体に組みこまれていたのだ。

十二世紀の記録によれば、当時、

「銭病《ぜにのやまい》」

というものが日本中に流行したと言われる。

「銭病」とは、一種の拝金主義だろう。人びとが銭をほしがり、銭を貯め、銭を目的として生きるようになった時代をよくあらわしている。

いまのこの国にも、「銭病」は大流行している。ただそれが銅銭や、貨幣でなくヴァーチャルな金融商品にかわっただけだ。

当時、流通した銭は、すべて一文銭だったらしい。百文、五百文、一貫文などを紐《ひも》で通して、サシと呼ぶ。一貫は千文である。

これだけになると、重いから運ぶのも大変だ。一貫文（千文）だと三・七五キログラムあったという。

そこで為替《かわせ》の話がでてくる。一種の手形として、「割符《わりふ》」というものが用いられた。当然、それを専門に扱う業者もでてくる。

中世の金融事情は、ほとんど現代とかわらない。コンピューターが中心になるかならないかくらいのちがいだ。
十一、二世紀ごろの「借上」は、やがて「土倉」となり、中世の金融を支配するようになっていく。「武者の世」になった、と慈円は嘆いたが、じつは「銭の世」になったというのが事実だろう。
いつかふたたび外貨が流通する世の中にならなければいいが、と切に思う。

扁桃腺《へんとうせん》が腫《は》れてひと安心

1

ひさしぶりに扁桃腺が腫れた。

子どもの頃は、しょっちゅう扁桃腺炎になっていた。喉《のど》が痛く、高熱が出る。

「手術して取ってもらったほうがいいかも」

と、母親は言っていたが、本人は死んでもイヤだと言いはって、切らずに通した。

成人してからも、ときどき扁桃腺を腫らして、そのつど、体調を崩した。

中年になってからは、不思議に扁桃腺で苦しむことがなくなった。そのせいで何十年かの間、その存在すら忘れかけていたのだ。

この数日、妙に寒い日が続いた。そのせいだろうか、昨日から喉《のど》の異常を感じていたのである。そして二日目、はっきりと扁桃腺が腫れている自覚があった。熱っぽく、体がだるい。

ひさしぶりで旧友に再会したような懐しさをおぼえた。昔はこんなとき、すぐにうがいをして、ルゴール液を塗らされたものである。当時は常備薬として、オキシフルと、ルゴールと、クレオソートが三種の神器だった。ほかにヨードチンキとか、正露丸なども定番だった。そもそも、あまり薬など常用していなかったように思う。

私の場合、扁桃腺が腫れるのは、体力が落ちている時である。睡眠不足と、過労と、気持ちがだらけている場合に喉にくる。もちろん気温とか、空気の乾燥度とか、外的な条件もある。そんな変化に体が敏感に反応するから扁桃腺が腫れるのだ。中年以降、ずっと扁桃腺が腫れなかったのは、体が鈍感になっていたせいだろう。その意味で、扁桃腺は体調のバロメーターのようなものかもしれない。

「風邪《かぜ》もひけないような体になったらおしまいだ」

と、野口晴哉《のぐちはるちか》さんは言っていたが、たしかにそういう面はあると思う。

そもそも体調の異変は、体の防御反応のようなところがある。大事なところを守ろうとして、体の各部に異常をおこすのではないか。

頭痛がそうであることを、私は長年の偏頭痛体験のなかで学んだ。いまは残念なことに、外部や内部の変化を、敏感に受けとめるべきセンサーが老化している。そのせいで大過なく日々を過ごしているのだ。「日々《ひび》是《これ》好日《こうじつ》」は、本当はヤバい。

喉が痛く、唾をのみこむのさえ苦しい。体がだるく、頭がぼおっとしている。その一方で、ひさしぶりの扁桃腺炎を、どこかで歓迎している自分がおかしい。まだまだ体全体がなまってしまったわけではないぞ、とほっとひと安心するというのは変だろうか。

扁桃腺が腫れて二日目。

熱が高い。高いといっても、何度あるのか正確に計ったわけではない。体温計ではかったところで、楽になることはないのである。たぶん推測で、三十八度を少し上回ったあたりだろう。

唾《つば》をのみこむのも痛い。体がだるく、寒気がしたり、汗をかいたりと、いろんな症状が出る。あまり食欲もないので、ほとんど食べずにじっとしている。昔は病気になると、栄養をつけろといわれて、無理やり食べさせられたものだ。

かつて偏頭痛で悩まされていたころは、辛《つら》いときには正岡子規の『病牀六尺《びょうしょうろくしゃく》』を読むことにしていた。あの本を読むと、熱も痛みも大したことがないように思われてくる。七転八倒している他人を眺めることで、なんとか自分の苦痛を我慢できるのだ。

こんな時に風呂に入るのはどうかと思うが、文庫本をもって湯に体をひたす。一時間あまり半身浴をしていると、なんとなく楽になってきたような感じがする。温かくして、うつらうつらと眠る。目ざめては眠り、しばらく眠っては目覚め、いつのまにか一日が過ぎていた。

仕事は山積みになっているのだが、仕方がない。二、三日締切りをのばしてもらう手配をして、ふたたびベッドにもぐりこむ。

四日間ぐらいでなんとかやりすごしたいと思っているのだが、はたしてうまくいくかどうか。風邪は五日ぐらいで完治するのが望ましい。上手に風邪をひくようになるためには、相当な練習が必要である。

扁桃腺が腫れるのはひさしぶりなので、ペースがなかなかつかめない。いまのところ峠を越える寸前といった場面で、辛いことおびただしい。

何年ぶりかで扁桃腺が腫れたのは、体から何らかのメッセージだろう。その発信されたメッセージを読みとくには工夫がいる。

体はつねに語りかけているのだ。私はそれを〝身体語〟と呼んでいる。もしも世の中から頭痛や風邪などが完全になくなったなら、それは恐ろしいことだ。すべての体調は、体からのメッセージである。外国語を修得するのも大事だが、身体語をおぼえることのほうが重要なのだ。

喉の痛みは、さらにはげしくなってきた。さて、どうなることやら。

2

扁桃腺の腫れが少し引いた。一日ぐっすり寝たのが良かったのかもしれない。

しかし、仕事は休むわけにはいかない。録音と録画と、二つのスケジュールが重なっていて、ひどく疲れた。

喉の腫れが峠を越したと思ったら、こんどは急に水っ洟《ぱな》がとまらなくなった。咳《せき》もでてくる。どうやら扁桃腺から風邪に移行したらしい。

このところ異常な寒さが続いている。体が春先の寒気に対応しきれなくなっているのだろうか。

ティッシュで拭いても拭いても洟水が流れ出す。おまけに左脚の痛みもきょうはひとしおだ。こうなったら病気の犬みたいに、ただじっとしているしかない。

先日、知人からおもしろい話をきいた。その人の友人が脚の痛みで悩んでいたらしい。三年前から有名な整体治療の先生のところへ通っていたのだが、一向に効果がなかった。

たまたま紹介をうけて、専門の病院にいって治療をうけたところ、一日で治ったという。その人は西洋近代医学に対して根強い不信感を抱いていた。そのため代替医療のみを選んでいたのだが、思いがけない結果になった。

「痛む足を引きずって通った三年間の治療はいったいなんだったのだろう」

と、ため息をついていたという。

そういうこともあるだろうと思う。また逆に大学病院に長年かよっていっこうに効果がでなかったのが、民間療法で救われたというケースもある。

私の考えでは、あれはいけない、これはいけないという独善的な見方がいちばんいけない。「補完代替療法」と呼ばれる東洋系の治療法は、これまで西洋近代医学界からは、ほとんど無視されてきた。

患者が医師に民間療法的な治療を受けてみたいと申出ると、最近では、

「まあ、おやりになりたければ、なさってみてもかまいませんよ」

と、応じる場合が多いようだ。内心では、そんなもの効くわけがないじゃないか、と思っていてもである。

しかし人間は理論どおりの機械ではない。人間とは、ふしぎな生きものである。そこ

がおもしろい。病気というのも、また人智の及ばぬところがあると思ったほうがいい。今度の扁桃腺炎も、鼻風邪も、私自身の気のゆるみが原因だと自覚するところがある。さて、明日はどうなりますことやら。

3

扁桃腺の痛みはなくなったが、相変らず鼻風邪に悩まされている。ティッシュでふいてもふいても、洟水《はなみず》がとまらない。おまけに咳もでる。体調を崩してきょうで五日目ぐらいだろうか。上手に風邪をひくということが、どれほど難しいことであるかを身にしみて感じさせられた。

それでも、少しずつではあるが、体調が回復している気配はある。問題はこの寒さだ。年のせいで寒さが身にしみるのか、それとも例年より寒さが厳しいのか。いずれにせよセーターを重ね着しても、ぞくぞく寒さがこたえるのだ。

やはり八十歳というのは、ひとつの山場であるにちがいない。若い時とすべてが違うことを自覚しなければ、上手に対応できないのである。

きょう文春のYさんと話していて、おもしろい話を聞いた。

「インプラントには、まだ未解決の問題があるそうです」

「ほう。どんな問題？」

「なんでも、長い時間がたつうちにインプラントをほどこした歯そのものが劣化するわけですね」

「それは当然でしょう。金属疲労じゃないけど、歯も経年変化があって当然だから」

「その事後の処理が非常に難しいんだそうです。使用済み核燃料じゃないけど、まだきちんとした最終処理の問題が解決されていないというんですね。長期の使用の後のエビデンスが完全に解決されていないのが不安だと良心的な専門医が言ってました」

「なるほど。インプラントも発明されてから相当に時間がたって、年々その技術が進歩してきているとはいえ、人工的な処置に完全無欠ということはありえないわけだからね。それにしても使用済み核燃料というたとえはすごい。ぼくは先ごろ歯科の専門医の学会に呼ばれてちょっとしゃべったんだけど、そのときの印象では、日本のインプラント医療もここまで進歩したのかという実感があったんだけど」

　近著『選ぶ力』の中でも触れたのだが、あらゆる情報には偏よりがあるものだ。どんな声でも頭から一蹴したりせずに、誰もが納得する説明をきちんと行わなくてはならない。それが専門家の責任というものだろう。

たまたま文春新書の『歯は磨くだけでいいのか』（蒲谷茂著）という新刊を頂戴《ちょうだい》したので、風呂で半身浴をしながら読む。

扁桃腺を腫らしてから六日目、ようやく風邪も抜けてきたようだ。洟水もほとんど止まったし、咳もおさまってきた。

首回りを温めるために、夜もマフラーを巻いて寝るようにしたのも効いたようだ。

昨夜は、ずっと朝までいくつかの小説を読んで過ごした。午後に目ざめて、吉川英治文学賞の選考会場へ。

選考を終え、会食をすませてもどってきたときは、十時過ぎになっていた。今回は候補作品が重厚な長篇ばかりだったので読むのに一週間以上かかっている。

せっかく回復にむかっている体調を考えて早目にベッドに入り、口直しに新書を数冊読む。

『院政とは何だったか―「権門体制論」を見直す』（岡野友彦著／ＰＨＰ新書）

『児玉誉士夫　巨魁の昭和史』（有馬哲夫著／文春新書）

『仏教発見！』（西山厚著／講談社現代新書）

かすかに熱が残っているせいか、本がかたすぎるせいか、なかなか内容が頭にはいってこない。こんな読み方は、著者に失礼だろうと思いつつ、半覚半睡のまま通読する。

それにしても日本の中世というのは、じつにわかりにくい。荘園制度ひとつをとっても、さまざまな意見が交錯して、どうしてもはっきりと理解できないところがある。今年の夏には、『親鸞』の第三部、完結篇を書きはじめなければならないのだが、はたしてどうなることやら。

この国の十二世紀から十三世紀にかけての時代相が霧のむこうにかすんでいるようで、いくら目をこらしてもくっきりと浮んでこないのだ。

左脚の痛みが少し薄らいでいることに気づいた。数カ月前から、左側の足の自分流のケアを続けてきたのだが、いっこうに効果が出なかったのだ。

ところが数日前から、ふとあることを思い出してためしてみた。

それは、左が具合が悪い時は、右側をケアせよ、という教えだった。ずっと昔に知っていながら、すっかり忘れていたのである。

そのことを思い出して、痛む脚とは逆の、右側の足を丹念にもみほぐしていたら、おもしろいことに、驚くほど効果があらわれたのである。はたして何日続くかはわからないが、しばらくこの逆療法をためしてみることにしよう。

下降感覚に身をまかせて

1

私は高いところに上るのが苦手だ。

高所恐怖症というほどのことではない。だが、高層ビルの屋上などでは、足がすくむ。映画やテレビなどで、高所でのアクションシーンを見ていると落着かない。下がガラス張りになっているタワーの通路なども、手すりにつかまって渡る。

どちらかといえば、低いところに惹《ひ》かれる傾向があるようだ。

むかし車に凝《こ》っていたころ、上りよりも下りのラインを走るほうに快感があった。それも左へカーブしながらまきこむように下っていくのが好きだった。

戦争映画などで、よく飛行機がでてくる。ドイツ軍のフォッケウルフなどが急降下に移る際に、ぐっと機体を傾けて機首をさげる。あのシーンが好きで、操縦上になった気分で自分も上体を傾けながら見ていた。

街を歩いていて、ふと下り坂の小路に出会うことがある。高級な住宅地などでも、意外にそんな道があるものだ。

下のほうは暗い。雨が降れば坂下にむけて、滝のように水が流れこむだろう。

そういった下り坂の道をみつけると、どうしても下りていきたくなるのが不思議である。

上り坂より下り坂のほうが好き、というのは、アマノジャクな性格なのだろうか。世間の人たちは、みんな上り坂が好きなのだろうか。

重力に逆らって上昇することよりも、落下する感覚に惹かれるのは、たぶん少数派にちがいない。

年をとったせいだろうか、とも考えた。しかし、そうでもなさそうだ。自分のことをふり返ってみると、五十歳あたりをピークにして、はっきりと下降にさしかかっている。視力、体力、記憶力、持続力、その他もろもろの面で、ガタガタと音をたてて崩《くず》れてきた。

ところが、暮している本人のほうは、それらの下降の日々がいっこうに気にならない。それどころか、坂を下りていく感じが、すこぶる快適なのである。

生理的には不自由だが、気持ちが楽なのだ。手脚が痛む。目が不自由である。物忘れがひどい。夜、安眠できない。などなど、もろもろの不具合はあるが、それはそれとして生きていくのが苦しくない。

思うに人間は、重力に逆らうよりも、身をまかせるほうが理にかなっているのではないか。上昇するより下降のほうが自然なのではないか。ふとそう思ってしまうのだ。

仏教の思想のなかにも、上昇感覚と下降感覚とのふたつの対照的な傾向があるように思う。

悟《さと》りを求める仏教がある。

即身成仏《そくしんじょうぶつ》をめざす仏教がある。

立正安国《りっしょうあんこく》をとなえる仏教がある。

天地自然との合一を願う仏教がある。

六道輪廻《ろくどうりんね》からの離脱をうたう仏教がある。

それぞれに修行をつづけ、人格の向上と真理への飛躍をめざす仏教だ。

これらの正統的な仏教は、いわば上昇感覚の世界だろう。みずからを高めていく仏教だからである。

これに対して、下降感覚によって成り立つ仏教をあげれば、浄土宗、浄土真宗だろう。浄土宗は、法然《ほうねん》を宗祖とする。浄土真宗は、親鸞《しんらん》である。

この両者は、ともに念仏による救いをめざす仏教だ。

その前提は、いまは末世《まっせ》であるという認識である。末世、すなわち「世も末だ」という徹底した時代認識から出発するのだ。最低、最悪の時代がいまである、という自覚は、まさに下降感覚そのものではないか。

その絶望のどん底にあって、人はみな悪人たらざるをえない。われらすべては悪人である。煩悩《ぼんのう》をかかえた凡夫である。

この人間認識を、下降感覚の最底辺といわずして何というべきか。

私たち人間の心の深淵《しんえん》に、ふかくふかく沈下していく。そして、そこに真黒な煩悩世界を視《み》る。

その最悪のわれを光の世界にみちびいてくれる唯一の道がある。それは、阿弥陀仏《あみだぶつ》という仏を信じて、その名を呼ぶことだ。それが念仏である。こういう思想だ。

最悪の時代に生きる最悪の人間は、そのことによってしか救われない。それが法然の語った念仏の世界である。

念仏をとなえる前に、この時代を末世と確認する。そこに生きる自分を、最悪の凡夫として認める。そこから出発するということは、人間存在の最底辺に下降していくことにほかならない。

真暗な心の闇に下降していき、そこの底辺から出発しようとするのが、法然、親鸞の思想だ。私が親鸞に惹かれるのも、その故だろうか。

光を求めるために、頭上をあおぐのではなく、うつむいて自己の内面を凝視する。悪の自覚から出発するということは、まさしく人間存在の底辺への下降にほかならない。

2

昨夜は、すごい満月だった。

「月にむら雲　花に風」

などといって、絵にかいたような満月を見ることができるのは、めずらしい。

夜明けがた、仕事を終えて空を見ると、東には暁《あかつき》の気配があかね色にさし、月は西のかた低くかかっている。

放射性物質がみちみちていようとも、月は何千年、何万年もこうして空に輝いているのだ。

太陽と月と、どちらに心惹《ひ》かれるか、ともしきかれたなら、人はどう答えるだろう。

大多数の人びとは、太陽、と答えるだろうと思う。

しかし、私は月光のほうが好きだ。昼よりも夜に起きている時間が長いのだから当然かもしれない。

プラス思考とマイナス思考とをくらべれば、マイナス思考に興味がある。

「まだ三〇パーセント残っている」

というより、

「もう三〇パーセントしか残っていない」

と、受けとるほうである。これを世間では、マイナス思考といい、良くない考え方だとする場合が多い。

どちらでも、事実はひとつなのだ。それをどう考えるかが、人間の行動を左右する。

今後のこの国の未来を、

「少子高齢化社会」

と、規定するとする。そのこと自体は事実だから反論の余地はないだろう。

老人が増え、若者が少くなる。年金受給者ばかりになって、それを負担する層が激減する。

そうなると、年金の受給年齢を引きあげるか、超高齢者の受給を打ち切るしかあるまい。それとも年金の額を大幅にへらすかだ。

それよりも、そもそも年金制度は大丈夫なのか。

もう駄目だ、という専門家がいる。一方で、大丈夫という学者もいる。最近、こういった左右分裂の傾向が一段とはげしくなってきた。

ガンの早期発見、早期治療を叫ぶ声は巷にみちみちている。新聞の一面広告などもバンバンでる。

しかし一方で、ガンは放っておけ、という医師たちもいる。ソブリン・リスクを叫ぶ声と、経済は大丈夫と保証する声が入りまじって、素人にはどうすればいいのかまったく見当がつかない。

と、いうわけで、自分で決めるしかないな、という、いつもの結論に落ちつくのだ。

関東大震災のときの写真を見ると、浅草公園にあった凌雲閣《りょううんかく》（通称、十二階）の無残にこわれた姿が写っている。

高さ五〇メートルといえば、現在では高層マンションにも及ばないが、当時の大モニュメントだった。

今東光さんの若いころの回想記に、この十二階下の街がでてきて、ひときわノスタルジーをかきたてたものだった。

明治二十三年（一八九〇年）の建造であるから、大震災のあと撤去されるまで、浅草界《かい》隈《わい》のシンボルだったのではあるまいか。

私の頭の中では、アナーキストや、娼婦や、不良少年たちのたむろする往時の十二階下のにぎわいよりも、それが崩壊するときの光景のほうが鮮烈に想起されるところがある。

崩れていく、というのは、なにかしらすごい魅力のある場面なのだ。ゆっくりと衰退していく光景も、また心に鮮やかに刻みこまれるものなのかもしれない。

3

「炭坑節」は、この国にはめずらしい陽性の民謡だが、これは威勢がいい。「ソーラン節」と「炭坑節」がかかると、盆踊りの列がいっせいに活気づくのがつねである。

このメジャー調の炭坑節を、時としてヤマの人たちは、マイナー調に転調して独吟《どくぎん》することがあった。

遠賀川《おんががわ》の土手を、川風に吹かれながらとぼとぼと家路につくのは、博奕《ばくち》に負けたり、女にふられたりした時だ。そんなとき、懐手してうたうには、この転調された炭坑節がよく似合う。

しみじみと淋しい歌に変るのである。

〽サノ　ヨイ　ヨイ

などというにぎやかな囃《はや》しの部分なども、なんともいえず哀切な感じになるのだ。

私は元気のいい炭坑節より、こちらのほうのエレジーっぽい炭坑節のほうが好きだった。

この国の明日を考えるとき、ふとそのことをイメージすることがある。列島の放射能汚染も深刻だが、海への影響は国際的な問題となるかもしれない。近隣国から、それに対する補償を求められたりしようものなら、その額は天文学的な数字になるだろう。その負担に耐えられず、国がデフォルトする映像が頭に浮かぶ。文字どおり列島がゆっくりと海中に沈んでいくイメージだ。それをどうふりはらうことができるだろうか。

4

夏が過ぎていく。暑さはまだ残っているが、空の色はすでに秋。

季節がうつろうのは、自然の摂理《せつり》である。秋がくるのを拒否するわけにはいかない。

そして、やがて冬が訪れる。

この国の建築物は、基本的にプレハブである。五百年後を想定して造られる建物は、ほとんどない。法隆寺のような建物は例外である。しかし、それさえも同じスタイルを踏襲《とうしゅう》しつつ、建て替え建て替えして維持されるのだ。

この国の建造物に、五百年後を想定することがないのは、ひとつには地理的条件がある。日本は世界に冠たる地震国だ。どんなに耐久性のある建物をたてても、巨大地震一発で終りである。

国土はうつろっていく。春はたちまち過ぎ、夏がゆき、冬がくる。

多くの戦乱があり、たび重なる天災があった。五百年後どころか、百年先のこともわからない島国なのだ。

したがって、建築物も、造ってはこわし、こわしては建て替える。数十年前に赤坂にTBSの新社屋ができたときは、あの界隈の一大偉観だった。それもはやばやとお役ご免となり、赤坂サカスの街並みが出現する。

赤坂プリンスもこわされた後、次はどんな新しい建物が出現するのか。

眺めてみれば、東京のビルはどれも巨大プレハブだ。半世紀も過ぎれば、こわして、また新しいビルを建てようと最初から計画されているのだろう。

移り変る、うつろう、というのが、この国の文化の特質である。すべては変っていく。たちまちのうちに姿を変える。

この国の文化は、外来文化によって、くり返し揺さぶられ続けてきた。外来文化ショックは、永続性、一貫性を許さない。そのつど新しい装いを押しつけてくる。この島国は、物理的な地震だけでなく、文化的地震にくり返しおそわれ続けてきたのだ。

それを運命的なものとして覚悟するなら、変る文化を武器として採用するしかないだろう。

三・一一以後、この国の風景は変った。やがて訪れる次の大地震によって、さらにまた国の風景が変る。下降感覚を抱きしめつつ、うつろう世界を生きていくのだ。

記憶がどんどん遠くなる

1

映画館のチケット売場で、〈シニア料金千円〉という表示がでていた。

ためしに、

「七十八歳ですが」

と言うと、ごくスムーズに千円で切符をだしてくれた。

これで味をしめて、また別の映画館で、

「高齢者料金でお願いします」

というと、

「なにか証明書をお見せください」

と言われ、運転免許証をひっぱりだすのにひと苦労した。

まあ、どちらが嬉しいかは、その時の気分による。ひと目で後期高齢者と見られるほ

うがいいか、それとも、

〈この人、ほんとにそんな老人かな？〉

と思われるほうがいいか、そこは主観のわかれるところだろう。だから、

「高齢者の証拠を見せてください」

と言われて、思わずニンマリする人も、ひょっとするといらっしゃるかもしれない。

まあ、世間には実際の年齢より若く見られたい人のほうが多いはずだ。

だが、中には「老け《ふ》志向」というか、うんと老人ぶって見せる人もいないではない。

もう故人となったが、ある直木賞の選考委員でいらした作家は、実際の年よりうんと年長者のように振る舞うくせがあった。

起《た》つときも、歩くときもたどたどしく、靴をはくときにはかならず人に支えてもらうのがつねだった。

しかし、私の邪推では相当に体力もありそうだし、いったん事がおこったときはまっさきに反応されるにちがいないと、ひそかに思っていたものである。

電車に乗っているとき、いわゆるシルバーシートの前に立っていて、

「どうぞ」

と、若い人に席をゆずられるのも、あれもなんとなく照れくさいものである。

「ありがとう」

と、悠揚《ゆうよう》迫らずごく自然にスッと腰をおろせばいいものを、

「いや、いや、すぐに降りますから」

などと手をふって辞退し、降りる必要もない次の駅で降りざるをえないなんていうのは、滑稽《こっけい》をとおりこして恥ずかしい。

いま男性の平均寿命は、七十九歳とちょっとぐらいだろうか。やがて女性と同様、八十代に突入することは確かだろう。世の中、年寄りばかりというのも難儀なことだ。

2

週末は広島にいった。今年はふしぎと広島にご縁があり、たびたび広島を訪れる機会があった。

横浜、東京、どこからしても広島は遠い。羽田から飛行機でいくのは簡単だが、広島空港から市内までが一時間以上かかる。結局、新幹線で四時間ちかくかけていくことが多い。

午前中に起きたので、新神戸を過ぎたあたりから、つい、うとうとしてしまった。気がつくと、「つぎは徳山です」とアナウンスがきこえるではないか。徳山の次は小倉だ。なんと広島をパスしてしまったのだ。

旅の失敗は数かぎりなくあるが、乗りこしてあわてることは、めったにない。

検札にきた車掌氏にきくと、

「徳山で降りて乗りかえですね。八時三十八分の上りがあります。十分間の待ち合わせです」

チケットに書きこんで、手続きをしてくれる。

「それは、こだまですか」

「はい。こだまです」

問答していて、なにやら妙な気がした。ふとあの金子みすゞのフレーズを思い出してしまったのだ。ACのテレビ広告の、

「こだまでしょうか。いいえ、誰でも」

という文句が、脳のどこかに刻みこまれてしまっているらしい。サブリミナル効果とはちょっとちがうが、くり返しのアナウンス効果である。全国民の意識にこれだけ広く

記憶された詩の文句は、ほかにはあるまい。

くり返しと、大量露出の影響というものは、すごいものだと思った。

絶えずくり返されると、人はそう思ってしまう。これは思想や信念の問題ではなく、生理的反応だろう。

無事、徳山でこだまに乗りかえ、広島に後もどりした。あやうく九州まで行ってしまうところだった。

夜半、新幹線で読みさしの本、『ロマンとアンチロマンの医学の歴史』（古井倫士著／黎明書房）を読む。

感情をともなう記憶についての考察がことに興味ぶかかった。海馬に刻まれる短期記憶とは別に、長期記憶は前頭前野に保存されるという。ＡＣのコピーは、私の海馬に托されるのか、それとも前頭前野に残るのだろうか。

子どものころに歌った童謡に、

〽お家《うち》がだんだん遠くなる

という歌詞があった。なぜかその歌の文句が怖くてしかたがなかったことを、いまも鮮明におぼえている。

童謡や、子守唄には、実際にはひどくおそろしい歌詞が少くない。

有名な「五木の子守唄」なども、世間に流通している歌詞と元歌ではずいぶんちがう。故・松永伍一さんがうたってきかせてくれた「五木の子守唄」のオリジナルの歌詞も、かなり凄味《すごみ》があった。

〽いくら泣いたっちゃ他人の子ども
　頭たたいて　尻ねずめ

「ねずめ」とは、「つねる」ことだ。赤ん坊は告げ口ができないから、何をしても平気、という意味である。山中の「かんじん」の家から里の「よか衆《し》」の家に子守りとしてやとわれた少女の、深い憎悪の感情がこもっていて怖いのである。

間引《まび》きの唄もある。

〽三つにたたんで　四ところ締めて
　道に埋めりゃ　踏み踏み通る

などという唄もある。赤ん坊をあやしながら、こんな唄をうたわれたのでは、子どものほうでもかなわない。

「シューベルトの子守歌」なんて、綺麗事《きれいごと》としか思えないだろう。

台風が温帯低気圧に変って、風雨いと激し。

この数日、列島各地、雨また雨である。ちょうど新聞の連載小説で、雨の場面を書いているのが作用したのだろうか。一日中、ずっと部屋にこもって原稿を書き、対談のゲラ直しをし、本を読んで過ごす。窓は四六時中しめっぱなしなので、いまが昼なのか夜なのかさえもさだかでない。

風呂の中で、鎌田東二《かまたとうじ》さんの『神と仏の出逢う国』（角川選書）を読む。神と仏の習合を、シンクレチズムとして蔑視したのが、わずか数十年前だったことを考えると、鎌田さんのような日本人の宗教観が正論として感じられる時代がウソのようだ。すこぶる刺《し》戟《げき》的な一冊である。思えば四半世紀前に出た『翁童論』以来、ずっと鎌田さんの本を読んできた。

六月末に出す予定の『きょう一日。』、という本のゲラを直していて、いくつも記憶まちがいをみつけた。

やはり記憶がどんどん遠くなってきているのだな、と、ちょっとがっかりする。『きょう一日。』というのは、いささか変った題名だが、これまで戦後六十年、『きょう一日、あす一日』という思いで生きてきたことが、通用しなくなったことのショックから書いた本だ。

〽明日《あした》がある　明日がある
明日があるさ

という歌がしきりにうたわれた時代がある。いまのように大災害で国民がシュンとなっている時には、こういう歌が流行りそうなものだが、現実はそうでもない。むしろ「アンパンマン・マーチ」がリバイバルしているという話がある。今回の災害で注目されたのは、この歌とラジオの役割りだという人もいる。

とりあえず、「きょう一日、あした一日」というつもりで今日まで生きてきたのだが、なんと、「明日が見えない」時代に突入してしまった。

明日はどうなるかが、本当にわからなくなってきたのである。そうなれば、もう、「明日があるさ」なんて呑気《のんき》にうたってはいられない。

「きょう一日。」

というのは、そういう意味である。きのうのことも忘れ、明日のことも考えない、とにかくこの一日、一日を生きていくしかない、という実感から『きょう一日。』というタイトルが浮かんできた。最後にマルがついているのが、言外の気持ちをこめたつもりである。

本を読むのも、『きょう一日。』

あした読もう、いつか読もう、などと呑気なことは言っていられない。手近に積んである本を、片端から乱読する。ひょっとすると明日はもう読めないかもしれないのだ。人生最後の一冊かも、と思えば、活字もありがたいものに思われてくる。

今日読んだのは、『釈尊の呼吸法』（村木弘昌著／春秋社）。これは三度目だ。赤坂憲雄《あかさかのりお》著『内なる他者のフォークロア』（岩波書店）。あまり論じられない東北の差別問題に踏みこんだ貴重な一冊。赤坂節は健在である。『謎解き問答「親鸞」』（佐々木正著／洋泉社）。これも再読である。

雨はようやくあがった。

3

このエッセイのタイトルをじっと眺めているうちに、なんとなく妙な気がしてきた。

むかし子どものころにうたった童謡の文句が、どうも記憶が曖昧なのである。

「お家がどんどん遠くなる」と、おぼえていたのだが、もしやこれは「だんだん遠くなる」だったのではなかっただろうか。はて、「どんどん」か、「だんだん」か。その辺がどうしてもはっきりしなくてもどかしい。

記憶には、短期記憶と長期記憶がある、という。

私は短期記憶のほうは、かなりいいほうだと自分では思っている。しかし、長期記憶に関してはまったくダメ人間であるらしい。

一瞬でおぼえるのは得意だが、それが二、三時間しかもたないのだ。きのうのことは、今日になると、もうすっかり忘れてしまっている。いやこれは、「短期」の方か。

ある意味でいうと、自己防衛機能が有利にはたらくタイプなのだろうか。いまの世の中では、良いことは少く、悪い出来事のほうが圧倒的に多い。いやなニュースの記憶ばかり引きずっていては、とうていやっていけない時代なのだ。

そもそも人生とは、苦の連続である。良いことと悪いことの比率は、九対一くらいのものだろう。もちろん、いやなことが圧倒的に多いように思う。

短期記憶は、必要に応じて記憶する。だから必要がなくなると、すぐに忘れる。かなり以前に、福井地震のことを話す必要があって、急いで確認した。発生日時は一九四八年六月二十八日。マグニチュード7・1。家屋倒壊三万六一八四戸。死者三七六九名。

記憶して、しゃべって、その日の夕方には数字はすっかり忘れてしまっていた。戦後数年あとに福井で大地震があった、それくらいが残っただけだった。典型的な短期記憶である。

ところが、福島原発の事故以来、原発銀座といわれる福井地方が気になってしかたがない。あらためて福井地震のデータをたしかめているうちに、すっかり数字が記憶に定着してしまった。短期記憶が長期記憶になったのだ。人間の記憶などというものは、当てにならないものである。

しかし、一方で、記録というやつも、これもまたなかなか正確ではない。私は統計というものを、ほとんど信用していない。だからずらずらと統計の数字をあげて持論を展開する政治家や学者の説には、耳をかさないことにしている。

数字は信用できても、数字を使うのは人間である。作為的でない統計なんか、あるはずがないではないか。

世論《せろん》調査もまたしかり。

人間の答えは、質問の仕方、ニュアンス次第でどうにでもなるものだ。

私は学生時代にアルバイトで市場調査の調査員をやっていたことがあった。

一軒一軒の家をたずねて、ちょっとしたアンケートに答えてもらう仕事だった。これがなかなか楽な仕事ではない。よほどヒマな人でないかぎり、そんな企業のアンケートに応じてくれる相手は少いのだ。

やっと答えてくれても、ああでもない、こうでもない、と、話がいっこうにすすまなかったりする。

そういうときは、自然と誘導的、作為的な質問になってしまう。退屈して話相手をさがしているオバアちゃんだったりすると、子ども時代の思い出話などからはじまって、なかなか本題に答えてもらえないからである。

マーケティングの基礎になるデータが、そういう実情なのだから、その上にどんなに新しい統計理論を組み立てようと、ほとんど意味がない、と、いつも思っていた。仲間のアルバイト学生たちの間では、半分くらいのアンケートは自分で勝手に書きこんでいたらしい。

情報というものは、本来、そういうものだろう。「情」は感情の「情」である。斎藤茂吉の『万葉秀歌』に出てくる歌には、「こころ」に「情」の感じをあてているものが多い。「うらうらに照れる春日にひばりあがり情かなしも独りし思へば」の「情」は、「ココロかなしも」である。

情報というものは、そもそも客観的、公正なものではない。感情、意図、願望からなるものだと思えば、現在の情報の混乱ぶりに腹を立てることもないのである。情を伝えようとするのが情報なのだから。

数字も、統計も、記録も、すべて組織や人間の意図と願望によって成り立っているものなのだと覚悟するしかないだろう。必要は記憶の母である、と、あらためて思う。

深夜、ベッドの中で『古代ギリシアの同性愛』（K・J・ドーヴァー著／中務哲郎・下田立行訳／青土社）と、『修験道の修行と宗教民俗』（五来重著作集5／法藏館）を読む。古代ギリシャでは、パイディカといい、日本仏教では稚児という。ともに少年愛は常識であり、教養と修行の一種であった。

イヌは人間の友である

1

かなり昔のことだが、深沢七郎さんと対談をさせてもらったことがある。

そのとき、深沢さんはちょっと淋しそうな目をしながら、こんなことを言った。

「以前、ほんとに仲よくしてたイヌがいましてね。そのイヌが亡くなってからは、生きものは飼いません。別れるのはつらいですから」

世の中には、イヌが好きという人と、ネコが好きな人がいる。私はネコも嫌いではないが、どちらかといえばイヌ派だ。

先日、昔飼っていたイヌの写真を見て、なんともいえない喪失感をおぼえた。

実際の名前はもう少しましなのだが、ふだんはただチビと呼んでいた小型犬である。

チビは気の強い犬で、最初のうちは手こずったが、時間がたつにつれてなじんできた。

そういうイヌほど仲良くなると情が深くなるものなのだ。

「散歩にいくかい？」

などとからかうと、サンポという言葉に反応して、気が狂ったようにはしゃぎ回る。

ただ外を歩くことが、こんなにも嬉しいのだろうかと、思わず笑ってしまうのだった。

イヌということばには、いろんなニュアンスがある。

「犬」

と書けばなんでもないが、

「狗《いぬ》」

といえば侮蔑《ぶべつ》の意味がある。

戦前、関東の一部では、警官のことを、

「カンクさん」

と呼んでいたそうだ。群馬出身の古い編集者からそのことを聞いて、しばらくは何のことやら理解できなかった。

「官狗《かんく》」

と字を書いてもらって、なるほど、と納得がいった。

維新のあと、西南からやってきたむくつけき男たちが、多く巡査を拝命して、各地で取締りにあたった。ヒゲを生やした巡査の態度に、旧時代の地元の人びとは当然、反撥《はんぱつ》をおぼえたにちがいない。

「官のイヌ」

という語感で、

「官狗」

と、ひそかに呼んだのだろう。やがてその意味を知らない人たちが、警官のことを、カンクというのだと誤解し、さらに敬称をつけて「カンクさん」と呼んだのではあるまいか。「走狗《そうく》」などという表現からきたものだろうと思う。こういうことばは、あまりよくない。

子どものころ、動物と身近かに接しなかった人は、たぶん一生ずっと動物に親しみを感じることがないのではあるまいか。

幼い時期にイヌやネコ、その他の動物と暮した体験は、その人にとって貴重な財産だろうと思う。

赤ん坊のころ、イヌに顔をペロペロなめられたり、転がり回って遊んだりすることを、非衛生と感じる親も多いことだろう。

しかし私は、人間以外の動物と肌を接する機会は、人間にとってぜひあったほうがいいと思うのだ。

2

私自身のことをふり返ってみると、思い出は五歳か六歳のころにさかのぼる。

当時、家に雑種のイヌがいて、名前をチルといった。たぶん『青い鳥』に出てくる、チルチルとミチルからとった名前だったのではあるまいか。

両親が共働きだったので、一日中のほとんどの時間をそのイヌと暮した。農家のワラ屋根に登って、スズメの巣をさぐり、ヒナを捕まえたりする私を、チルは足踏みしながら下で見守っていたものである。

首尾よくスズメのヒナを捕まえたりすると、クゥーンと鳴き声をあげて成功を祝福してくれた。イヌにも感情はあるのだ。

そのころ、チルと野良犬が出合い頭《がしら》に大喧嘩《げんか》をはじめた。私がチルに加勢をしようとすると、その野良犬がいきなり私の手首を噛《か》んだ。

大して深い傷ではなかったが、チルは申訳なさそうに私の手首をなめつづけた。

両親に手の傷がみつかって、大騒ぎになった。なんでもその数日前に、狂犬病のイヌが何人かの人を噛んだ事件があったらしいのだ。

すぐに病院に連れていかれて、念のために予防注射を受けることになった。それも一回や二回ではない。毎日、一日に一回ずつ何週間も病院に通っては注射を受けつづけるのである。

病院にお世話になったのは、その時が最初で最後だったように思う。

チルは毎日、通院する私についてきた。

チルとどんなふうに別れたか記憶がない。父が職場をかわることになり、その町を離れる際に他人に渡したのか、それとも死んだのか、思い返してみるが、どうしてもはっきりしないのだ。あれほど親しかったのにふしぎな気がする。

それでも、七十年以上たった今でも、いつも思い出すのは、チルというイヌのことである。まさに生涯、忘れえぬ友だった。

一九六〇年代に、北陸の金沢に住んでいた時期がある。

市内のはずれの小立野《こだつの》という場所だった。最初は安いアパートに暮していたのだが、やがて一軒家を借りて移り住んだ。

そこで飼っていたのが、ドンという犬だった。ドンというのは、ショーロホフの『静かなドン』という小説からとった名前である。

ショーロホフは、一九五〇年代に圧倒的な人気のあったソ連時代の作家である。私のロシア語の先生である横田瑞穂《よこたみずほ》さんの訳で、河出書房から重厚な本が出ていた。

スターリンの死後、当時のソ連作家は、たちまち色あせた感がある。しかし『静かなドン』は、いい長篇小説だと私は思う。

「花はどこへいった」というフォークソングが一時、大流行したことがある。かなり後にケネディ大統領が暗殺されて、その歌がしきりに流れたことがあった。

そのために、「花はどこへいった」を、ベトナム反戦の歌とか、ケネディ追悼《ついとう》の作品のように思っている人も少くないようだ。しかし、この歌は、ピート・シーガーが『静かなドン』を読んで、ロシアの大河のかたわらに生きる民衆の姿に感動し、イメージして作ったものであるらしい。

当時、飼っていたイヌは、すこぶる静かなイヌで、ワンともキャンともはえなかった。ほとんど声を発せず、哲人のように寡黙《かもく》なイヌだった。

あまりおとなしいので、「静かなドン」をもじって「ドン」と名づけたのである。

当時の北陸は、いまとちがって雪が多かった。大雪が降った朝など、庭が真白に深い雪で埋まっている。

近くにやってきたドンをつかまえてかかえあげ、空中高くほうり投げると、すっぽり雪の中に埋まってしまう。

やっと雪の中から抜けだしてきたドンを、ふたたびつかまえて、また雪の庭に投げる。それでもひと声も発しない変わったイヌだった。凝《こ》りもせずに庭からあがってきて、また近くに寄ってくる。その辺が大人の風格というか、悠揚迫らぬ落ち着きがあって、ふと敬意を感じるところがあった。

ドンと仲良しのネコが一匹いた。ある日、そのネコが道路でトラックにひかれて死んだ。

その日から、ドンが毎日のように現場の道路の隅に黙然《もくぜん》と坐っている姿が見られた。動物のほうが人間よりも情が深いのかもしれない。

3

子どもの写真をもち歩いている人がいる。外国人には、子どもだけでなく、家族の写真をつねに携帯している人も少くない。

しかし、正直いって他人の子どもの写真を思い入れたっぷりに見せられても困ってしまう。

「かわいいですね」

とか、

「元気そうなお子さんですね」

などと一応、お愛想は言っておくものの、なんとなく居心地が悪いものなのだ。

しかし、イヌやネコの写真を見て、困惑する人はいないだろう。また不思議なことに、写真にうつるイヌやネコの表情は、絶妙にかわいいのである。ただかわいいというだけではない。なぜか目に感情がこもっている。体全体でカメラにむかって演技しているとしか思えないほどニュアンスがあるのだ。

ときどき恥ずかしそうにイヌの写真を見せてくれる人がいるが、なんとなくほっとするところがあって、気持ちがなごむ。

人間の子には、それぞれ差異があるので、お世辞に困るときもある。しかし、イヌやネコには、器量の良し悪しはない。

どんなに変なイヌ、ネコでもそれぞれに個性的でほほえましいものだ。血統書つきの名犬よりも、雑種のふつうのイヌのほうがかわいい。

むかし、世界有数の名犬という犬を見たことがあるが、なんとなくグロテスクな印象があった。たぶん私のほうがコンプレックスを感じていたせいだろう。

ソ連体制が崩壊して、大混乱していた時期にロシアにいたことがある。年金生活者はみんな餓死《がし》するだろうとか、明日にも内乱がおこるだろうなどと報道されていたころだ。サンクト・ペテルブルグの街の公園で、みごとな大型犬を散歩させている人がいた。

人間が食えない時に、こんな大型犬など飼えるのはどういうわけか。飼主の身なりを見ても、そんなに大金持ちには見えないのに。

通訳を介してたずねてみると、こんな答えが返ってきた。

「そりゃ人間は食っていくのが大変です。私たちも苦しい生活をしています。でも、古くからの愛犬クラブに入会していますのでね。このイヌの食糧は、そのクラブを通じてちゃんと届くんですよ。なにしろ十九世紀の帝政ロシア時代からずっとつづいている伝統のあるクラブですから」

これにはびっくりした。

4

どうしてこれほどイヌに親しみをおぼえるのか。

そう自分に対して問いかけてみることがある。

イヌといっても、いろんな性格のイヌがいる。種類や外見もさまざまだ。

私がこれまで飼ってきたイヌの中には、ひどく強情で、わがままなイヌもいた。どんなに教えても、きめられた場所で用を足さないひねくれた奴もいた。人になつかないイヌもいた。バカなイヌもいた。

しかし、なぜかどんなイヌでも、そのうちどこか気持ちがかようようになってくる。おたがいの感情が手にとるように伝わってくるのである。

私がイヌに特別な共感を抱く心理的な背景はなんだろう。

あれこれ考えた末にたどりついた結論は、残念ながらこうである。

人間への不信感。

人間社会への本能的な絶望と嫌悪。

聖徳太子の、「世間虚仮《せけんこけ》」ということばはよく知られている。聖徳太子が本当に実在したのか、そのことばを遺《のこ》したかどうかは、よくわからない。しかし、聡明であったらしい彼のことばとしては、しごく納得がいく。

「和をもって貴《たっと》しとなす」

ということばもよく知られている。しかし、そのことを強調せざるをえなかった現実が彼の周辺に渦巻いていたのだろう。

当時の人びとや世の中は、日夜、争いに明け暮れていたからこその遺訓にちがいない。

同じような言い方を、親鸞もしている。

「世の中はそらごと」である、と彼は言う。

人間社会に真実なし、という意味だ。唯一の真実はこの世にはない、とする。もしそれがあるとすれば、心に思い描く「あの世」、すなわち「仏の世界」のみである、と。

そのことばに、ひそかに共感するところがあると言えば、青くさいと笑われるだろうか。最近はことに「この世のことはそらごと」のみと思うようになってきた。「そらごと」という語感が私には身にしみてわかる。九州では、「嘘、いつわり」のことを、方言で、

「シラゴト」または「スラゴツ」

という。

人間社会に対する根源的な不信感と自己嫌悪の感情が、イヌに心を寄せる遠因かもしれない。イヌを友と思うのは、本当は淋しいことなのだ。

ふと、そんなことを考えるのは、年をとったせいだろうか。

甲子園の夏、原稿の夏

1

お盆休みというのは、昔はジャーナリズムには無縁だったのではないか。しかし最近は、マスコミ関係のすべてが休む。印刷所も、製本所もそうだろう。そのためには、原稿の書きだめ、というのが必要になってくる。と、なると、あわれなのは書き手である。

溜めおきの原稿を用意しておかなければならないからだ。ストックなしで毎日、組んでいるのは、この連載ぐらいのものだろう。

近々、出版予定の本のゲラも抱えている。新聞の連載も、いよいよ大詰めだ。あと何回、などと終るのを楽しみにしていたのは当初のころ、いまはあと何回しかないと半ばやけくそ状態で結末のシーンにむかってつっ走るしかない。

人が休んでいるときに必死で働く、というのは、じつに情けない仕事ではある。もう四十五年以上も、正月、夏休み関係なしに生きてきた。

世間では、じつにいろんな事件がおきているらしい。

しかし、当方はテレビはつけず、新聞は山積みのまま、ただひたすら原稿用紙のマス目を万年筆で埋めるだけ。

まだ手で書いているのか、と、呆れられる読者もいるだろう。

しかし、作家のすべてがパソコンになったとしても、私は字を書き続けるしかない。

世態人情を描くのが小説の本道であると言った先輩もいた。

だが、世間のことにうとい書き手に、当節の世態人情などわかるわけがない。

最近、昔に自分が書いた恋愛小説を読み返してびっくりするのは、女件のことばづかいがはっきりわかることである。

「なんとかだわ」

とか、

「なになによ」

などと、いまではあまり言わないらしい。

昨年から今年にかけて、再刊本が何冊も出た。

講談社文庫から『恋歌』。

ポプラ文庫から『冬のひまわり』『哀しみの女』。

徳間文庫から『風の柩《ひつぎ》』が昨日でた。

そのほか、幻冬舎から『レッスン』、実業之日本社から『スペインの墓標』、角川書店から『燃える秋』など、など。

これを読み返して、びっくりしたのが、この女ことばのことだった。

2

右腕が痛い。万年筆を持つときさえ、痛む。

たぶん半世紀も右手だけで字を書きつづけてきたことによる金属疲労みたいなものだろう。

ケンショウ炎で悩まされたこともあったが、今回の痛みはそれではない。

手首ではなく、上腕《じようわん》部が痛むのだ。ぬり薬とか、はり薬とか、いろいろ手もとにはあるが、あまり役に立たない。

一時的に痛みだけをおさえても、という気持ちがあって、使わないのである。

いちばんいいのは、左手で原稿を書くことだ。

ピアニストみたいに両手を均等に使っていれば、右腕だけが痛むこともないのではあるまいか。

大リーグの松井（リトル・マツイ）は、スイッチ・ヒッターで、右でも左でもうまく打つ。

いまからではおそいが、若いときから左右両方で原稿を書く工夫をしておけばよかったと、くやむことしきり。

スイッチ・ライターというのも、ちょっといいではないか。

「どうしてパソコンをやらないんですか」

と、しばしばきかれる。

べつにこれという理由があるわけではない。ひとことでいえば、ご縁がなかったということだろう。

以前、何台かパソコンをもらったことがあったが、右から左に人にやってしまった。

最近、万年筆のファンがふえてきたという。特集を組む雑誌などもある。

しかし、万年筆を選んだり、愛したりしたところで、原稿がすらすら書けるわけではない。

私は、いろんな万年筆を適当に使っていて、これ一本、という愛着はない。しょっちゅうなくすし、しょっちゅう買う。新幹線や飛行機の椅子《いす》の下には、何十本もの私が使っていた万年筆がはさまっているにちがいない。

モノといえば、時計もそうだ。四十年以上も前にもらった直木賞の賞品の時計は、いまだに使っている。一九六五年製のオメガのコンステレーションである。

ほとんどメンテナンスもしないので、そのうちこわれるだろう。私の体とどちらが長くもつのだろうか。

3

また台風だ。西日本では、かなりの被害がでているらしい。

台風とか、竜巻とか、自然現象であるが、昔の人はそうは考えなかった。

平安時代の後期、都にはいろんな災害がおこった。

地震や凶作、長雨や火災など、連続的におそってきて、人びとの心をふるえあがらせた。それらの災害は、社会的な不安や、政治的な緊張と同じく、末法の世の象徴と考えられたからである。

陰陽師《おんみようじ》の活躍するのは、こういう時期だ。すべて過去の怨霊《おんりよう》のなせるわざと理解されたからである。

京の町を連続しておそい、大きな被害をもたらした竜巻は、当時、辻風と呼ばれた。家や木などが空中を飛んでいくさまに、人びとはみな肝《きも》をつぶし、なんらかのタタリだと感じたことだろう。

自然現象の変異は、社会状況の変化や、パラダイムの大転換となぜか連動する。紫式部《むらさきしきぶ》、清少納言《せいしょうなごん》の優雅な平安時代は、まさに落日のときを迎えようとしていた。現世を謳歌する現実主義は、浄土への憧れにとってかわられる。人びとは生きているいまを地獄と感じ、浄土へ往生することに熱い期待を抱くようになる。

その先がけとして、僧侶たちの自殺が、大きな関心を集めた。

予告された自死の日には、弁当もちで人びとが集まり、見物のために高貴な身分のかたがたも牛車《ぎつしや》をつらねてやってきた。

予告どおりに死ねない僧もいた。あらためて再チャレンジして成功する者もいた。

いまふり返って過去の話をしながら、ふと妙なデジャヴ（既視感）をおぼえる。

奇妙なインフルエンザの流行。

異常気象の続発。

十一年連続して記録更新された年間の自殺者数。

雨の降り方ひとつとってみてもふつうではない。夕立などという風情《ふぜい》のある降り方とは、まったくちがう。

リーマンショック以来の金融不安。

政権の不安定と、国際情勢の変化。

平安末期にも、疫病の流行があった。これから、飛行機や鉄道などで大きな事故が続発すれば、末世の条件はすべてそろう。

薬物をめぐる報道の過熱も、単なるゴシップの豊作とばかりは言えないだろう。そういえば地震もあった。どうやら大変な夏になりそうだ。

それでも原稿地獄は続く。

4

「朝日新聞」の朝刊に、めずらしい記事がのっていた。

〈本千冊崩れ女性が死亡〉

という見出しである。

地震で、静岡のマンションにすむ女性が、大量の本に埋もれて死亡したというニュースだ。

県警によると、部屋には約千冊の本があり、早朝の地震で崩れたとみられるという。行政解剖の結果、女性の死因は胸と腹を圧迫されたことによる窒息死と判明したそうだ。

若いころ、『返本《へんぽん》殺人事件』という小説を書いたことがある。

口ばかり達者で、大して売れない作家が、ある小出版社をだまして大量の本を刷らせる。

それらの本はまったく売れない。

ある日、出版社の社長が作家を呼び出して、倉庫へつれていく。

山のように積みあげられた返本が、いきなり作家の上に崩れ落ちるという話だ。

これはもちろんパロディーだが、自分の部屋に危うく積みあがっている本を見るたびに、これがドッと一斉にくずれ落ちてきたらどうしようと、いつも考えていた。

本を書くのが仕事だから、本の雪崩《なだれ》におしつぶされて窒息死したとしても、これはしかたがあるまい。

それにしても、本というものはなんと重いものだろうか。

書店をのぞくと、つい五、六冊買ってしまう。文庫だと大したことはないが、ふつうのハードカバーだと重くてしかたがない。

自宅には一日平均十数冊の本が送られてくる。以前は一日に二十冊、三十冊ということもあったのだが、献呈本、出版社からの本など、いずれも玄関に積みあがって、一週間も家をあけようものなら、玄関のドアをあけたとたんに、ドッと雪崩のようにくずれ落ちてくるのがつねだった。

最近は出版不況のせいか、それともこちらが年をとったせいか、昔ほど送られてくる本は多くないが、それでも月に三百冊以上はあるだろう。

冗談でなく「本に埋もれて老作家ケガ」などという記事がでないように用心しなければ。

書物もまた、いろんな意味で凶器である、と、ふと思った。

5

甲子園の熱闘はつづいているが、物書きの一人熱闘もつづく。

市民たちが千円の高速料金をめあてに、車を東西南北に走らせているあいだも、一日も休まず原稿用紙のマス目を万年筆で埋める作業がつづく。

　このところ、また地震が多い。たぶん巨大地震が関東をおそったとき、廃墟から万年筆を手にした男の死体が発見されるだろう。

　少々の揺れでは、机の前を離れたりはできないのだ。

　正月も、盆も、クリスマスも、まったく関係なく原稿を書く日々を送ってきた。書いた原稿はＦＡＸで送稿し、原稿のほうはシュレッダーにかける。

　小説らしきものを、はじめて雑誌に書いたのは、中学三年のときだった。仲間でやっていた同人誌みたいなガリ版刷りの「グレープ」という雑誌である。

　そして、はじめて新聞の連載小説を書いたのが、高一のときだ。

　自分が編集していた高校新聞に、何回かのせた記憶がある。あれは一九四九年のことだと思う。昭和でいうと二十四年か。

　そして、いまも、まだ新聞に連載小説を書いている。六十年にもなるのだから自分でも嫌になる。

　雀百まで踊り忘れず、とかいうけれども、原稿用紙に字を書いて、それを活字にするという単純な営みを今日までよくダラダラとつづけてきたものだ。

甲子園で活躍している選手たちの中から、選ばれた少数がプロとして野球人生を送ることになる。現役でプレーするのは、ほぼ四十歳前後までだろうか。横浜の工藤とか、楽天の山﨑とか、阪神の下柳とか、限界をこえて現役をつづけているのはえらい。

しかし、どんなにがんばっても、五十歳がプロの限度だろう。

考えてみれば、私は中学生のときに地方のリトルリーグにはいったようなものだ。高校・大学とアマチュアでやり、二十代後半は社会人野球をやっていたようなものだ。三十三歳でプロのチームに入り、今日までまだグラウンドにいる。

職業作家には監督とか、コーチとか、野球解説者の道はない。これからはたして何歳まで現役でプレーできるのか、と、甲子園の試合をテレビで見ながら思う夏である。

鰌《どじょう》っ子だの鮒《ふな》っ子だの

1

〽どじょっこだの　ふなっこだの　春がきたかと思うべな

とかいう、歌があった。

ふと、そんな歌の文句を思いだす今日このごろである。

しかし雪は溶《と》けるどころか、ますます深く降りつもる。その雪にもセシウム137が含まれているかもしれないのだ。春がきたとは、とうてい思えない。

私の稼業では、仕事がはかどらないため、食事が深夜になりがちだ。

午前二時とか三時になると、開いている店が少い。どうしても深夜のファミレスにでかけることになる。

店頭の照明が暗いので、クローズしているのかと思えば、ちゃんとやっている。夜中の電力は余っているという。節電どころか、じゃんじゃん使うべきだと識者は主張しているのに、世間は相変らず節電モード。

節電すれば電気料は安くなるだろう。その分、価格が下るかといえば、そうではない。一時期、私鉄の駅でエスカレーターを止めている会社があった。いかにも社会的に貢献しているかの如き自粛ぶりだが、安くあがった分だけ運賃は下がったか。あちこちの企業が全部そうだ。自粛ムードに便乗すればするほど利益が上るんじゃないのか。などと消えた看板の照明を見ながら、消費者は内心ボヤいているのです。

深夜のファミレスで、メニューを見る。九六〇〇円の普通のハンバーグセットと、一二〇〇〇円の国産黒牛ハンバーグと、どちらにすべきか。以前なら迷うところだが、最近は迷わない。もちろん値段の高いほうを選ぶ。

放射能を気にしているわけではない。八十歳ちかくなれば、細胞分裂もほとんど停止しているだろう。染色体に傷がついてもコピーがくり返される心配もあまりないから、その点は気にならないのだ。

では、なぜ高いほうを選ぶのか。

いつか円が紙くずになる予感がするからである。稼いだ金は、さっさと使う。貯めても税金にもっていかれるだけだろう。そのうちハンバーグが一万円になる日がこないとも限らないではないか。

かつて戦時公債は、見事に紙くずになった。預金封鎖とか、新円切替とか、聞いたこともない世代が大半の時代である。しかし、私たち戦中戦後派は、その時代のことを決して忘れない。きょう手もとにある金は、きょうの内に使う。その教訓が身にしみているからだ。

政局にまつわるニュースの陰にかくれて、福島原発事故のニュース報道が、一斉に下火になった。

もともとマスコミというのは、飽きっぽいものだ。それに加えて、原発問題の鎮静化を望むサイドの期待もあるのだろう。放射能に対する国民の不安も、どうやら一段落ついたかのような今日このごろである。

しかし、問題はこれからではないのか。喉元《のどもと》すぎれば熱さを忘れる、なんてことでは困るのだ。

放射能汚染の問題は、いまようやく始まったばかりだろう。今後、百年、いや千年の大問題なのである。国家百年の大計、などということばがあるが、放射能汚染問題こそ国家百年の大計なのだ。
私たちは、あらためて次の三つのことを確認しておく必要がある。
一、機械は故障するものであること。
故障しない機械など、この世に存在しないことは、子どもにでもわかるだろう。機械はかならず故障する。そして老朽化する。神がつくったとキリスト教がいう人間ですら、故障するのだ。病気になり、事故をおこし、老化し、死んでいく。
二、人間はミスをする。
新幹線の運転手といえども居眠りをしたり、勘ちがいをしたり、うっかり操作ミスをしたりすることだってある。どんなベテランでも、人間はミスをする。そう覚悟したほうがいい。
三、自然災害、天災はかならずくる。
東南海地震がやがておきるとは、学界、政府も確信し警告していることだ。地震、津波だけが天災ではない。犯罪やテロも想定内におくべきだろう。

以上の三点を確認すれば、科学技術の粋をつくしたとしても、絶対安全など空想上の産物でしかないことがわかる。絶対安全の保証がないなら、予期せぬ事故がおこった場合の危険性は、最小限度にとどめておかなければならない。

このところ、関東での地震の様子が、少しずつ変ってきたような気がする。ゆるやかな横ゆれではなく、最初にドーンと下から突きあげるようなショックがくるのだ。

そして、震源地が東から次第に首都圏に接近してきたことを感じる。つまり首都直下型地震の前ぶれと思われなくもない。すでにこの国は、数百年に一度の地震期に入ったのだ。

さて、どうすればいいのか。

地震にそなえて、枕元にデイパックを一つ用意してある。

中にはいっているのは、まず老眼鏡。

これがないと、まったく身動きがとれない。

文庫本数冊。

そして望遠鏡。ニコンの高級品である。

靴下。下着。

ペンライト。

一口羊羹《ようかん》。

水のボトル一本。

あと一万円札数枚と千円、五百円硬貨少々。

まあ、これでなんとか数日はしのげるのではなかろうか。

ほかに古いレッドウイングの靴と帽子。カシミアのセーター。

こうして枕元に用意しておくと、地震はなかなかこないものなのだ。

そして一年たち、二年たつうちにデイパックがだんだんと邪魔になってくる。そのうち枕元から部屋の隅へ、さらにどこかの棚の下にと遠ざかっていく。

そして、忘れたころに天災はやってくるのだ。

準備して、用意おさおさ怠りない間は、ふしぎに何も起こらない。そして地震のことなどすっかり忘れたころに、天災はやってくる。あわててデイパックを探しても、どこへやったのやら、なかなかみつからない。

こういうことを考えると、突如、頭にひらめいた防災の智恵があった。

用意をしている間は地震はおこらない。忘れたころに異変はおこる。

だとすれば、つねに準備をしている限り、地震はこないのではあるまいか。

一億国民みなが枕元に防災パックを用意しておく。いつでも手のとどく場所においておいて、決して片づけたりはしない。

そうしている限り、地震はこないのかもしれないのだ。

「天災は忘れたころにやってくる」

これは偉大な真理である。

だとすれば、忘れない限り天災はやってこないともいえる。

壁に「天災は忘れたころにやってくる」という標語を書いたポスターをはっておく。

枕元には、ヘルメット、靴、防災パック一式をつねに用意しておく。

そして、それを五年でも、十年でも、どこかへ片づけたりはしない。そうする限り、地震はこない？

いや、それはわからないが、ためしてみる必要はありそうだ。

2

「大きな物語」の喪失、ということがよく言われる。

たしかにそうかもしれない。「物語」とは、「お話」「小説」などの狭い意味ではない。

「構想」とか、「想像力」とか、イメージとか、「時代」とか、「国家」とか、さまざまだ。

私たちが学生のころ、といえば一九五〇年代だが、仲間はみな、競って小説を読んでいた。それも、べらぼうに長い長篇が多かった。『ジャン・クリストフ』とか、『チボー家の人々』とか、『カラマーゾフの兄弟』とかである。

私も大学生のとき、夏休み中に読み通してやろうと『戦争と平和』に挑戦した。もちろんあえなく討死した。だが、そんな風潮が若者のあいだに広くみられたのである。マルクス『レーニン全集』に取組んでいる学生も少くなかった。十九歳、二十歳、二十一歳ぐらいの若者たちがである。

映画にも、大作時代があった。政治家もそうだった。カストロ、ゲバラ、毛沢東《もうたくとう》、周恩来《しゅうおんらい》、ドゴール、など大物ぞろいだった。

歌い手、映画スター、スポーツマンなどもそうである。いまボクシングでヘビー級のチャンピオンは誰だ、ときかれてもすぐに答えが出てこない。昔はそうではなかった。モハメッド・アリをはじめ、何人かの名前が誰でも言えたはずである。

要するに、大物の時代はいまは昔の物語となって、現代は軽ナンバーの時代になったのだ。

すべての分野でそうである。好き嫌いは別として、首相でも吉田茂など少くとも大《おお》鯰《なまず》ぐらいの存在感はあったように思う。

野田政権の「どじょう内閣」の就任写真を見て、ＡＫＢ48のイメージと重なって感じられたといえば、失礼にあたるだろうか。いや、そうではあるまい。ＡＫＢは少くとも当代の人気ＮＯ．1グループである。総選挙の洗礼もうけているではないか。

すべての分野にわたって、軽ナンバー化の時代になったのだ。小型化、軽量化、それが時代の趨勢《すうせい》といっていい。

大型コンピューターがパソコンになり、携帯端末になる。ラジカセがウォークマンになり、さらにｉＰｏｄになる。

経済大国ジャパンも、少子化高齢化がすすみ、アジアのミニ国家となる。政治家も、映画スターも、アーチストも、大物は消えていく。すべてミニ・スター、つまりタレントとなる。作家もいまは「作家サン」と呼ばれるコンビニ的な存在となった。そういう時代なのだ。「ドジョッコ、フナッコ」の時代、それが現代なのである。

ビッグ・スターが次々に登場した時代、といえば平安末期から鎌倉初期のころである。

十二世紀から十三世紀にかけての乱世に、宗教界では大物が続々とあらわれた。

鴨長明《かものちょうめい》が『方丈記』に記録したところによると、まさに大変な時代だった。

雅な平安期がたそがれていく。朝廷の権威も下落していく。各地にパワフルな実力集団が乱立して、「武者《むさ》の世」といわれた。

政変の時代である。権力が目まぐるしく交替し、治安は悪化の一途をたどる。

天変地異というものは、そういう時期に重なって起こるものだ。京都の大火、風害、地震。凶作。飢餓《きが》。街には行き倒れた死者が、るいるいと連なり、疫病が人びとをおそう。

京都におけるひと夏の死者、三万数千という数字も、あながち誇張ではあるまい。まさに末世であり、乱世だった。

そんな時代に、法然がでる。それに続いて親鸞、日蓮、道元、栄西、明恵、などなど歴史に残るビッグ・スターが続々と登場した。

この国の歴史をふり返ってみて、当時ほど精神的、思想的活況を呈した時代はない。末世、乱世、という意味では、現在の私たちの時代と重なりあう。政治の不安定、財政の危機、自殺の激増、そして大地震、津波。そこに放射能汚染という前代未聞の凶事がおこった。まさに末世の到来である。

しかし、この時代に政治、思想、宗教などの分野で、ただ一人としてヒーローがでない。

現代はビッグ・スターを求めない時代なのだ。大物はいらない。それが求められていない。

「なぜ現代にスーパー・ヒーローはでないのでしょうか」

と、しばしばきかれる。それは、時代が、そして人びとがそれを求めていないからだろう。横並びをよしとする時代なのだ。ツイッターをやる政治家に親密感をもつということは、等身大のリーダーを求めている証拠だろう。

ヒーローの時代は完全に終った。いま支持されるのは、仲間の中で少し変った奴、おもしろい奴、同じ趣味をもち、同じ興味を共有できると感じられる人物なのだ。

『白鯨』ではなく、『老人と海』でもなく、鮨《どじょう》っ子だの鮒《ふな》っ子だのの時代なのである。

これからも強力な指導者などは、出てこないだろう。大衆はそれを求めていないからである。それがファシズムの歯どめになるのかもしれないし、また逆作用をもたらすかもしれない。奇妙な時代がはじまった。

なぜ気持ちがいいのか

1

午前三時までTVのサッカー中継を見てしまった。

日韓戦につづいて、オーストラリアとの決勝戦も相当な視聴率がでたにちがいない。

私の知人に、スポーツにはとんと関心のない男がいる。野球のルールもろくに知らないほどスポーツにはうとい。

ところが、この男、国際試合となると、どんな種類のスポーツでもやたら熱中する。

女子バレー、野球のWBC、フィギュアスケートの国際試合、オリンピックはいわずもがな、とにかく外国VS.日本となると、テレビにかじりついて夢中だ。

中継時間に合わせて、仕事のやりくりもする。こちらとの約束を、突然キャンセルしたり、その影響は周辺におよぶ。

先日の日韓サッカー準決勝の前後は、もうすべてがサッカー一色。

観戦中に食べるものや、飲みもの、その他準備おさおさ怠りなく中継時間を待ちかまえる。

ところが、この男、ふだんはサッカーの話など一度もしたことがない。

プロ野球のクライマックスシリーズにさえも関心がない。バレーも、フィギュアにも興味がない。

それにもかかわらず、対外国戦となると、まるで熱にうかされたように大騒ぎする。

こんどのサッカーのアジア杯も、見ていた人の中には、かなりその手の愛国的スポーツファンがいるのかもしれない。

いまやニッポンは大変である。

国内総生産で、中国に抜かれる。

国債の格付けはスペインより下になる。

大学卒業生の就職内定率は、おそろしく低い。

高齢者の万引き犯数が、史上最高になったという。

デフレの出口も見えない。

そんな世相の中で、対外国となるとがぜん盛りあがるという気持ちも、わからぬでもない。勝てば、めっぽう気持ちがいい。

一種の国民的フラストレーションがたまりにたまっているのではないか。そんな気がする。

サッカーの対オーストラリア戦も、ほとんどの時間はフラストレーションのたまる時間だった。それを一挙に吹きとばしてくれたのが、在日四世の李のひと蹴りだった。あの瞬間に何かがふっとぶ。フラストレーションが、一時的に解消する。

エジプトでは市民デモがすごい。テロでなく、デモで数十人の死者が出るというのは、すでに革命である。

この国では、サッカーである。対外国に限るというところが問題だろう。

2

そもそも人間が生きるということは、フラストレーションにみちている。

人生は苦である、という仏教の出発点は、あまりにもネガティヴな気がする。ヨーロッパで仏教があまりにも虚無的だと思われたのには、理由があるのだ。

やがて十九世紀にニヒリズムと正面から向きあったとき、ヨーロッパの仏教観は変る。

そしてアジアの仏教観も、逆方向へと変った。

苦を出発点として、そこから生きていこうとする前向きのブディズムが誕生する。アンベードカルの「ニュー・ブディズム」の運動がそれだ。

そしてその遺志は、いま佐々井秀嶺《ささいしゅうれい》さんに引きつがれ、インドの仏教徒の数は一億に迫るといわれる。

それはいわば、隠れ仏教徒の数だ。表向きにはヒンドゥー教徒として生活し、心の中ではブディストとして生きる人びとの数は、公式の統計には決してあらわれることがない。ガイドブックなどには、インドの仏教徒の数を総人口の〇・五パーセントと紹介している場合が多い。

かつてインドで仏教は栄え、やがてアジア各地に伝わり、ご本家のインドではおとろえた、というのが定説である。

しかし、現在、インドは世界最大の仏教国である。核兵器を所有し、IT産業で繁栄しているというイメージの背後に、仏教の新しい時代をになう国の姿が浮かびあがってくる。

そういう国の民族意識というのは、どのように国民個人の中に働くのだろうか。

ひとことでいって、いま私たち日本人はどのような感情の中に生きているのか。そこを考えているのだ。

インド人にとって、いまもっとも「気持ちのいい」ことというのは、いったいなんだろう。国と国との関係でいうなら、パキスタンに対する対立感情は、「インド万歳」の民族意識とつながるものなのだろうか。

スポーツはおもしろい。しかし、それが単なる運動競技のおもしろさを超えて私たちを感動させるのは、いま、その国民のフラストレーションの位相である。

日本人のアスリートが、つぎつぎと海をわたって外国へ進出していく。この国にもやってくる。現に日本チームの監督は、ザッケローニだ。私たちは勝利監督のコメントをイタリア語できく。それが当然、という時代が少しずつ近づいてきているのか。それとも、そうでないのか。

3

書店にいくと、じつにさまざまな新刊が並んでいる。

昔は、平台《ひらだい》に置かれるだけで、

「おっ、すげえなあ」

と思ったものだが、最近ではタテヨコ四方に同じ本が山積みしてある。立体陳列とかいうのだそうだ。

ひところは電子書籍の話題でもちきりだった。

〈出版界に黒船きたる！〉

などと騒がれた時期もあった。ところがいま、本屋さんの店頭はえらく活気があるように見える。

ことにビジネス書、経済書のたぐいの棚は大にぎわいだ。

それらの本の中にも、一つの傾向がある。

たとえばアメリカ没落、ドル時代の終り、などの一連の新刊である。

また一方で、

〈中国バブル崩壊！〉

などと刺戟《しげき》的なタイトルの本も多い。

どちらにしても、その手の本がこれほど店頭に並ぶのは、たぶんそれを眺めるユーザーにとって、意識下に、〈気持ちがいい〉面があるのかもしれない。

長い年月にわたって世界を強力に支配してきたアメリカの危機は、どの国の国民にとっても痛快な感じをあたえるのだろう。

結果的にそれが自国の首をしめることになったとしても、人びとは当面のことしか考えないものなのだ。

中国のマイナス情報にしてもそうだ。

〈気持ちのいい〉ことは、実際には憂うべき現実であることも少くないのである。

真実というものは、なかなか絵にかいたように〈気持ちがいい〉ものではない。

だからこそ、私たちは架空の〈気持ちよさ〉を求め、一時のうさ晴らしをする。フィクションというものの存在価値は、そのあたりにあるのではなかろうか。

どんな世界でも、ひと皮むけばドロドロの現実がよこたわっているものだ。その上になりたつフィクションに、私たちはひと時の〈気持ちのよさ〉を求める。

〈虚実皮膜《きょじつひまく》の間《ま》〉

という表現がある。

ひと皮めくれば、そこにすさまじい実の世界がある。それを知りつつ、皮一枚にとどまって、〈気持ちのよさ〉を求めるのが人間だろう。そこにはつねに大きな危うさがひそんでいる。〈気持ちのいいフィクション〉か、〈気持ちの悪い真実〉か。それが問題だ。
健康ということに関していえば、

〈気持ちがいい〉

ということは、かなり大事なことだろうと思う。現代はタバコを毒と考える時代だが、実際には一服することで大きなストレスをそのつど解消している人も少くない。

喫煙の害と、心身のモヤモヤをそのときだけでもクリアする効用と、どちらがプラスだろうか。常識的には、タバコは体に良くない。それがバッシングの対象になっているのは、周囲の人びとが嫌がるからだ。

若い人たちの間では、タバコを吸う習慣がへっているという。将来は、ごく一部の愛好者のものとして認められることになるのかもしれない。

しかし、そんなタバコひとつでも、

「ああ、気持ちがいい」

と、うっとりする時間をもっている人は、ある意味では幸せなのではあるまいか。たとえそれがガンになる可能性が多少あったとしてもだ。

人はタバコに限らず、心身に悪いことをして歓びをおぼえる動物だ。なんの歓びもおもしろみもなく、一生を過ごすことは、はたして幸福なのだろうか。

たとえタバコや酒をやらなくても、人は病いにかかるものである。死を逃れることのできる人間はいない。

〈気持ちがいい〉

ということは、人間の行動の第一の動機なのではないか。勲章をもらう。社長の椅子に坐る。うまいものを食べる。自然の変化をたのしむ。趣味にふける。ボランティアとして汗を流す。ライバルの失敗にほくそえむ。

すべてことごとく「気持ちのいい」ことだ。

それを除外して、無菌状態で無事に一生を終えることが、はたして人間にとっておもしろく、幸福なのだろうか。

最近はガンの原因をストレスに求める説が流行している。

しかし、「気持ちのいいこと」は、ストレスが一挙に解放された状態だ。

先日のアジア杯でのオーストラリア戦は、延長戦の後半まで、ずっとストレスがたまり放題の試合だった。それが一挙に解消されて劇的な「気持ちのいい」瞬間が訪れたのだ。

ストレスの前提のない「気持ちのよさ」はない。

かつて東映の任侠映画の全盛期に、暗い映画館で、どれほど多くの人びとが長時間のストレスに耐えたことか。それが一挙に解放される瞬間に、「よーし」「異議ナシ！」といっせいに皆が叫んだのである。

ひろびろとした風景を見ると、気持ちがいい。北海道の雄大な自然や、九州の阿蘇の景色などを見ていると、気持ちが晴々とする。

そんな雄大な気持ちのよさから、ほんのちょっとした気持ちのよさまで、世の中は気持ちのいいことにみちみちている。

しかし、いつも思うことだが、「気持ちのいい」ことと、「気持ちのわるい」こととは、紙一重である。どちらに転ぶかは、その時その場での、こちらの心理だ。

タイガーマスク、伊達直人《だてなおと》の心あたたまる行為が、大きな話題になった。

この出来事に対する私の周囲の反応もさまざまだ。

「気持ちのいいニュースね。わたしもやろうかしら」

とか、

「世の中すてたもんじゃないな」

とか、肯定的な評価が多いようだ。しかし、中には、

「なんだか気持ちがわるい」

と、いうヒネクレ者もいる。

「ニュースにならなきゃ、気持ちがよかったんだけどな」

と、おっしゃる御仁もいる。

マスコミが美談として大きく報じ、それに後押しされて同様の善行が続く風景は、たしかに気持ちがいいだけではない。

この出来事の興味ぶかいところは、「疑似匿名性《ぎじとくめいせい》」にある、と私は思う。

「善きことは人に隠れてせよ」

という聖書の教えは、大事なことである。

だからこそ、善行を企てた御本人は、実名を名乗らなかった。しかし、無名のままではない。そこに一つのサインを残した。

他人にはわからなくても、自分ではわかる匿名の署名である。

しかも、そのサインは、世間に認知され、流通するサインなのだ。ここがおもしろい。

いまアメリカを中心に爆発的に世界に拡大したフェイスブックは、実名が基本である。

たとえ実際のプライバシーは表に出さなくても、とりあえず実名で本人の写真や経歴その他がオープンになる。

日本のネット社会でも流行しているが、どこまで広がるか、すこぶる興味のあるところだ。そこにあるのは「疑似実名性」である。

「気持ちがいい」ことと「気持ちがわるい」こととは、紙一重の世界だ。最近つくづくそう思うようになった。

どちらか一方では駄目《だめ》

1

人や車の行きかう日中は別だが、深夜など横断歩道を渡ろうとして信号がなかなか青に変らない時がある。

誰でも経験があるだろうが、ただ待っているとえらく長く感じられるのが信号だ。左右を確かめるが、やってくる車はまったくない。いらいらしながら足踏みしていると、後からきた人がさっさと渡っていく。

考えてみると、なにも律義《りちぎ》に信号が青に変るのを待つこともないと思われてくる。それにもかかわらず、人っ子ひとりいない夜の道路で、青信号を待つというのは、はたして馬鹿げた習性だろうか。

外国では、左右を見ながらさっさと道路を横切る連中が少くない。いや、ほとんどがそうだ。見ていてハラハラする場面も多い。

まったく車の往来のない深夜の道路で、じっと信号が変るのを待っている日本人のほうが、外国人には不気味に感じられるのかもしれない。

交通道徳をきちんと守る国民性、といえばきこえがいいが、かならずしもそうとも思われない。

たぶん古くからの「お上のお達し」を大事に守ろうとする習性なのだろうか。勝手に信号を無視する外国人のほうが、自主性があるのだろうか。

私自身はすでに後期高齢者なので、とにかく信号が変るのを待つ。ぼんやり周囲の風景を眺めたり、手足の運動をしたりしながら数分を過ごすのである。

しかし、よく考えてみると、交通道徳というよりも、単なる習性のような気もしてきて、なんとなく苦笑する感じもあるのだ。

信号を無視して勝手に道路を横切るのは、もとより危険な行為である。しかし、そこには自分の行為は自分で責任を持つ、という感覚があることもたしかである。

見ていると、ずっと信号を待っていて、青に変ると左右をたしかめることもなく、ただ漫然と道路を横断している人がほとんどだ。中にはまったく周囲に目もくれず、ひたすらケータイをみつめながらのんびり歩く人もいる。

青信号で渡ったのだから、安全はあたりまえ、といった感じだ。信号を守っていさえすれば、すべてOKといった安心感がそこにある。

実際には、信号を無視して突っこんでくる車もある。新聞を読みながら運転しているドライバーもいる。

信号は守る、だが、かならずしも信用はしない、というのがいまの時代に生きる覚悟かもしれない。どちらか一方では駄目なのだ。

2

「他力本願《たりきほんがん》」ということばがある。一般的には、自分の力で生きていくことを放棄して、他人の助けを期待するようなことをいう。

しかし、もともとの意味は、かなりちがう。「他力」も「本願」も、どちらもいわゆる仏教用語である。それも浄土教といわれる宗派の重要な用語とされている。

私たちの日常語の中には、かつて仏教用語だったことばがじつに多い。なにも「念仏」とか「往生」とかいった、いかにも仏教的な用語ばかりではない。たとえば「玄関」から「台所」まで、もともとは仏教のことばだった。「不安」も、「安心」もそうである。

「他力」ということばは、単独では一般にあまりなじみのない表現だろう。若い人の中には、これを「タリョク」と読む人がいる。

「タリキ、って読む習慣なんだよ」

と、前にあるラジオのアナウンサーに言ったら、

「でも、原子力《げんしりょく》とか、全力疾走《ぜんりょくしっそう》とかいうじゃありませんか」

と反論されたことがあった。

たしかに私も業界用語めいた特別な読み方には、昔からずっと抵抗がある。

たとえば「選択《せんたく》」とふつう読むところを、仏教界では「センチャク」と読む。宗派によっては「センジャク」と濁るところもある。まあ、わかりやすければいいというわけではないが、ことさら特別な読み方を一般の人に誇示することもないのではないか。

とりあえず「他力本願」は、「タリキホンガン」で、これはふつうに市民生活にとけこんだ表現だ。

「他力」とは、「白力」に対することばである。ここでいう「他力」とは、他人というより、仏とか菩薩《ぼさつ》とか、世間でいうホトケさんの衆生にむけての慈悲の心をいうのだろう。

わが国の仏教界の中でも、「他力」をことさら強調するのが、法然にはじまる浄土教の世界である。ここでは仏・菩薩一般というより、阿弥陀如来《あみだにょらい》という仏の本願を絶対視する。

「本願」というのは、文字どおり本来の願いであり、最大の抱負である。そのためにこそ仏になったのだ、という根本的な仏の誓いと言ってもいい。

この「他力」と「本願」が一体となって「他力本願」ということばになった。したがって本来は、他人の力をあてにする態度でも、人頼みのいい加減な姿勢をさすことばでもなかった。それが時代とともに変ってきたのだ。

「他力本願」ということばは、いまでは人頼みで自分では何もしない態度をさす場合が多い。

新聞や雑誌で、そういう使い方をされるたびに、真宗教団側では眉をひそめるのだが、それは仕方があるまい。ことばというものは、生きものなのだ。時代とともに変化し、時には誤用が常識となってしまう場合もある。もともとは仏の本来の願い（すべての衆生をもれなく救う）を信じて、一心にまかせる姿勢をいうことばなのだろうが、いつのまにか「あなたまかせ」の自主性のない態度を「他力本願」と表現されるようになった。

本来の意味とどこかちがう、といえば、最近はやりの「絆《きずな》」という表現などもそうだ。電子辞書の『広辞苑』を引いてみると、

〈①馬・犬・鷹など、動物をつなぎとめる綱〉

とある。②の用法に、

〈断つにしのびない恩愛。離れがたい情実。ほだし。係累。繫縛〉

と出ている。

私たち旧世代にとっては「絆」ということばは、どちらかといえばネガティヴな感じで用いられていた表現だった。

「家族の絆にしばられて自由な行動ができない」

といった具合である。いまでは、どちらかといえば「人間の絆」といった感じで良い意味に変ってきた。これはこれで「ことばは生きもの」の実例だろう。

話がそれたが、「他力」か、「自力」か、というのは、しばしば話題になるテーマだが、「純粋他力」とか「絶対他力」とかいうことばもあって、他力と自力は徹底的に対立するものとして扱われてきた。

「他力」に帰依した例として「妙好人《みょうこうにん》」などの例があげられることも多い。

しかし、この「他力」と「自力」の境目というのも、じつはかなり難しい問題なのだ。

「他力に徹する」

という一片の迷いもない態度は、私たちにはなかなか到達することはできないことだからである。

「理屈ではない」

と、言われれば、たしかにそのとおりとうなずかざるをえない。おのれの中途半端さを、あらためて恥じいるばかりだ。

問題はこの「他力」「自力」だけのことではない。世の中のすべてに、難しい問題は山ほどあるのではないか。

私たちの日常では、選ぶことはほとんど無意識に行われる。選択肢が多いほうがいいかといえば、かならずしもそうではない。目うつりがして、かえって決断に迷う場合もあるのだ。

しかし、まれにどちらか一方を選ばねばならない重大な局面というものに直面することもある。

できることなら出あいたくないシーンだが、なかなか思うようにならないのが人生というものだ。

この、どちらか一方を選ぶ、というケースほどむずかしいものはない。時にはそこにおのれの人生を賭けなければならない時もあるのだから、迷いに迷う。そして、エイヤッと目をつぶって決断する。いつまでもぐずぐず思案しているわけにはいかないからである。

そして人間の行為には、後悔がつきものだ。あの時こうしていれば、と、自分を責めたり、他人を怨《うら》んだりする。

しかし、そんな選択の決断は、はたして私たちの自由意思のもとにおこなわれているのだろうか。

昔のことをふり返ってみて、あの時この道を選んだのは、自分の判断というよりも、目に見えない力に動かされてのことではなかろうかと、ふと考える時があるのだ。

それをなんといえばいいのか。目に見えない運命の力とでも思えばいいのか。なるべくしてこうなった、目に見えない運命の力だったと心の中で感じることも少くない。

インターヴューなどで、

「あの時はどういう理由でそうされたんですか?」

などと、しばしばきかれることがある。

そのつど、一応それなりの答えをしてはおくものの、内心どこかに釈然としないものが残ることが少くない。

理由？

理由といえばかならずしもひとつではない。いろんな事情が複雑にからみあって、私たちの行為となるのだ。それをいうなら、人間の生活というものは、何十何百という糸のからみあいの中にあると考えるべきだろう。

私など一日のうちに、自分の選択を後悔するようなことが何十、何百とある。いちいちそれにこだわっていては、時間に追いこされてしまいかねない。だから目をつぶってやりすごす。

「事に当って反省はしても、後悔はせず」

とは、生身の人間にはなかなかできることではない。

「他力」を信じるのも、それに身をまかせるのも、どこかに「自力」のオリが残ってしまうことを、ため息とともに感じつつ日が過ぎてしまうのだ。人生とは、所詮こういうものなのだろうか。

夜行寝台列車で金沢へ

夜行列車というのは、なんとなく古風で情緒がある。それも北上する列車でなくてはならない。

〽寒い夜汽車で
　膝をたてながら

などと八代亜紀の歌が浮かんでくるのは、昭和ヒトケタ生れの世代だろう。

いまは「汽車」でなく「電車」だから、川端康成の小説にでてくるような光景も見られない。それでもやはり、なんとなく「夜行列車」には雰囲気がある。

十一時三分発金沢行き寝台特急の八号車B寝台。

Bというのは、エコノミー席だ。時間より早く十三番ホームにはいったら、カメラを構えた鉄道ファンが山のようにいた。

この夜行寝台列車「北陸」は、昭和五十（一九七五）年から走っているという。上野から金沢に、およそ七時間半で着く。

なんだかのろいような気もするが、車中で一泊できて、朝に金沢へ着くというのは、具合のいい乗客もいるにちがいない。

カメラで狙《ねら》っている「北陸」は、濃いブルーの車体である。

女性もいる。老人もいる。子どももいる。ほとんどがデジタルカメラだが、携帯で撮っている姿も見える。正式の金沢行き寝台ブルートレインは、三月十二日がラストランだが、いまからこの熱気だと当夜は大変なことになるだろう。

四名相部屋のB室。

二階の左端のベッドは、かなり狭い。おまけに窓がないので、外の景色も見えない。

定時に列車は発車した。

上の席は、かなり揺れる。小さな蛍光灯の光をたよりに、文庫本を読む。

どうせふだんも朝六時ごろまでは起きているのだ。十一時三分発、午前六時二十六分着なら眠っているひまはない。がんばって金沢へ着くまで起きていることに決めた。さし入れのいなり寿司をつまみ、ボトルのお茶を飲む。このブルートレインにはシャワー室がついているらしいが、予約はすでに売切れとのこと。

隣りに京浜東北線の電車が見える。大宮、高崎とぬけて、新潟の長岡で反対向きになるはずだ。ゴットン、ゴットンとレールの音が響く。

ブルートレインがどんどんなくなっていく。世代交替の波は、鉄道にも波及しつつあるのだ。

B寝台の上段は、さすがに狭い。毛布と枕と、そして浴衣《ゆかた》が置いてあるところが古風である。

金属の梯子《はしご》をよじ登って席にもぐりこむのだが、筋力が弱っていると落っこちそうだ。小さな照明で、文庫本の活字にはいささかつらい。

地図を見てみると、いろんな線を通過するらしい。

上野から大宮、高崎へ。上越線を経由して長岡。機関車が入れかわって信越本線、北陸本線に入る。糸魚川、魚津、富山、高岡、津幡、そして金沢というコースだ。

外は暗い。トンネルを過ぎると、ときどき雪の壁が浮かびあがる。

学生のころ、というのは昭和二十八（一九五三）年の話だが、はじめて上野駅から金沢へいった。金沢駅が新しくなったばかりだった。新しいといっても、コンクリートの箱のような建物だが、当時は駅前にほとんどビルはなかったと思う。

当時のころのことを、あれこれ考えながら横になっていると、自分が学生時代にもどったような気がした。

実際には当時から五十七年という歳月が過ぎている。この寝台車も、すっかり高齢化しているのだ。メンテナンスをくり返して、ここまで現役でいられたのだろう。少々、横振れがひどくても、文句を言うべきではなかろう。

列車も、駅舎も、街も、人も、すべて年をへて、老いていく。そして新しい世代と交替する。それが世の中というものだ。

ほのかな光の中で、がまんして文庫本を読む。

こうして考えると、文庫本などというものは、歳月をへても、あまり変らないもののひとつだろう。活字が少し大きくなったくらいで、印刷された文字はほとんど変っていない。

夜が明けるのは、富山あたりだろうか。ペットボトルのお茶をのみ、いなり寿司をつまむ。長岡で進行方向が反対になった。

富山のあたりで夜が明けるかと思っていたが、窓外はまだ暗い。結局、夜明けの日本海は見ることができなかった。

高岡、津幡と、ようやく外が白みかけて、六時三十分少し前に金沢に着く。

早朝にもかかわらず、カメラを構えた若者が集っている。

駅構内の白山そばの立ち食い店に寄る。昔は列車を待つあいだ、ホームで寒風に吹かれながら丼を抱えたものだった。

七時過ぎにホテル日航にチェックインする。歯をみがいて、風呂にはいって、ベッドにもぐりこんだのは八時近かった。

少し眠って、眠い目をこすりながらテレビのスタッフと合流。頭がぼおっとして、体がだるい。

金沢駅で駅長さんに案内してもらい、列車をコントロールしている部屋を見学する。びっしりと細かいダイヤ表を前に、緊張感の漂う管制センターだ。

その後、別室でベテランの鉄道マンの皆さんに話をうかがう。往時の手がきのダイヤ表を見せてもらったが、その細密なこととても人間業とは思われない。雪の日など多数の列車をコントロールするのは、さぞかし大変だろう。

その後、少し離れた列車のメンテナンスをおこなう場所へ。鉄道ファンならよだれを流すような多数の列車、電気機関車が集まっている。

中でも「能登」という列車の機関車はベージュに赤い線のはいった戦車のような堂々たる偉容である。

「運転席に坐ってみますか」

この「能登《のと》」は、車体がべらぼうに大きくて、面構《つらがま》えも武蔵坊弁慶みたいにいかつい。運転席が高い場所にあるので、見通し満点。足もとにあるペダルを踏んでみると、あたりにものすごい音が響きわたった。

子どものころは誰しも一度は、「大きくなったら列車の運転士に」と思うものだ。この年になって、「能登」の汽笛を鳴らす体験をするとは思わなかった。

その後、四、五十年も金沢駅や列車の写真を撮りつづけてこられた某氏に、写真を見せていただきながらお話をうかがう。

金沢の犀川《さいがわ》にいま、三本目の鉄橋が建設されつつあるそうだ。一本目は明治のころの軍事輸送のための鉄橋。二本目は北陸線電化の際にできた鉄橋。三本目がこんど金沢へ通じる新幹線の列車を車庫に入れるための鉄橋らしい。ブルートレインは消えて、東京―金沢を二時間半でむすぶ新幹線がやってくるのだ。

時代はつねにそんなふうに目まぐるしく変っていくのである。

さらば、上野発―金沢行きの寝台列車。

去年《こぞ》の雪、いまいずこ

1

ひさしぶりに横浜にも雪が降った。

今年は各地で大雪の様子がテレビで報道されている。

九州でも相当に降ったという。

九州というと、なんとなく暖かそうなイメージがあるらしい。しかし、北九州や博多は海の向うは韓国なのだ。

筑豊にも雪は降る。彦山でスキーをしたという昔話もきいたことがあった。

南九州はともかく、九州北部は寒いときは本当に寒い。

先日、山口県の宇部にいった。ふと思い出したのは、三十年ほど前に山口を訪れたときのことだった。

一月だか二月だかは忘れたけど、とにかくやたらと寒い日だったのだ。

泊ったのは立派な日本風の宿である。よほど由緒のある宿らしく、明治の元勲《げんくん》の揮毫《きごう》した額などがあちこちにかかっている。

庭の見える大広間に通されたのだが、やたら寒い。だだっ広い座敷に、火鉢がひとつおいてあるだけで、どうしようもなく寒くて震えていると、御武家さんの妻女のような宿の女性がお茶をもってあらわれた。

雰囲気からして、凛《りん》としたたたずまいで、長刀《なぎなた》でもやっていそうな感じである。

「あの、寒いんですけど」

と、おずおず言うと、じろりとこちらの顔を一瞥《いちべつ》して、苦々しげに、

「戦前の山口中学の生徒さんたちは、真冬でも靴下さえはきなさらんかった」

と、おっしゃった。

要するに、我慢しなさい、というわけだろう。男が寒いのなんのと弱音を吐くとは何ごとだ、という感じでとりつく島がない。

さすが総理大臣をたくさん出した県だけあるなあ、と感心したものだった。

最近は、床暖房にエアコン完備、どこでもやたらと暖かい。しかも栄養が足りているので、少しぐらい寒気がきびしくても平気な顔をしている。

シモヤケ、アカギレ、など、ことばさえ知らぬ若者も多いことだろう。私たちの中学生時代は、足の踵《かかと》がひび割れて、血がにじんでいる子も少くなかったのだ。

二・二六事件とか、桜田門外の変とか、かつてはけっこう二月、三月でも雪が降っていたはずだが、やはり地球温暖化の話は本当だろうか。いろいろな理由があってのことにちがいないけれども、最近の雪は北国に片寄っているような気がする。雪おろしの光景をテレビで見ながら、さぞ大変だろうなあ、とため息をつく。

東北からきた友人は、雪の話になると、

「大雪はそれなりに大変だけど、本当にいやなのは、雪どけのころのビチャビチャ道だね。あれは嫌いだ」

と、よく言っていた。

たしかに雪の夜、雪で固まった道を歩いたりするのは、一種マゾヒスティックな気持ちのよさがある。

吐く息が白い。

手がかじかむ。

涙や洟水《はなみず》も出てくる。

そんな寒気の中を歩いて、オレンジ色の灯が見え、なじみのスナックなどにたどり着くと、本当にほっとする。

階段を下りて店にはいると、店内はむっとするほど暖房がきいている。笑い声もきこえる。

何十年か前に、北海道でそんな夜があったことを思い出す。

あのとき、連れは先輩作家の森敦《もりあつし》さんだった。名作『月山』の作者である。

「もう一軒、もう一軒」

と、森さんは年に似合わずタフだった。

私は酒のみではないので、水割りをチビチビとなめているだけだが、さすがに三軒目、四軒目となると頭がくらくらしてくる。

雪道を転ばぬように歩くのは、よそ者にはなかなかむずかしい。まして年長の先輩作家をフォローしながらの雪中行は、かなりきついものだった。

森敦さんのことを、私たちは、

「モリトンさん」

と、気軽に呼んでいたが、雪の日にはいつも思い出す人だ。

本当か嘘かわからないような話も、モリトンさんの口からきくと、すべて真実のようにきこえたものである。

いつだったか、雪国の山中で、ずっと昔のサンカ狩りの話をきいたことがある。サンカを捕えた人たちが、サンカを棒にぶらさげて村に帰り、それを煙でいぶしてミイラにする。そのミイラを仏像として寺にまつって、拝むという奇怪な話だった。

もちろん酔っての放談だが、その話しぶりが真に迫りまるで本当のことのようで、やはりこの人は小説家なんだなあ、と感じ入ったものだった。

去年の雪、いまいずこ。

雪の中に浮かんでは消える人びとの思い出は、こたつのように心に暖かい。

そのうち、もう一度、『月山』を読みなおしてみよう、と、ふと思った。

2

小学校五年か六年のころ、私はいまのピョンヤンにいた。

父親が教師だったせいで、各地を転々としていたのだ。すでに小学校は、国民学校と呼びかたが変っていて、軍国教育のまっ盛りだったように思う。

私の家から、学校まではかなりの距離があった。大同江《テドンガン》という大きな川の鉄橋を渡り、徒歩で毎日通学したのである。片道一時間以上はかかったような気がする。

その通学の途中、私はほとんど好きな本を読みながら歩いた。

いま思うと不思議な気がするが、本に熱中しながら、車にもぶつからずに、よく通学できたものだと思う。

そのころ、自分の家にはやたらむずかしい本しかなかった。熱中して楽しめるような本は、友人から借りて読むしかなかったのである。

坪田《つぼた》譲治《じようじ》とか、佐々木《ささき》邦《くに》のユーモア小説とか、その辺は父親も大目に見てくれたが、山中峯太郎《やまなかみねたろう》や、南洋一郎《みなみよういちろう》となると、父親には偏見があり、私がその手の本を読むことをこころよく思っていなかったようである。

『亜細亜《アジア》の曙《あけぼの》』とか、『新戦艦高千穂』などという本を持ち帰ると、小言をくうことになる。

そこで、ある冬の日、家の前の道路端に除雪した雪が山のように積みあげてあるのに目をつけ、友達から借りてきた本を、その中に埋めて隠した。翌日、家を出たあとで掘りだせばいい、という計画である。

ところが、翌朝、外へでてみると、きのうまで道の端に積みあげられていた雪の山がなくなっているのだ。

たぶん、道路の整備にきた役所の人が、片づけて運んでいったにちがいない。

友人への言い訳に、なんと言ったかはおぼえていないが、私にとっては大ショックだった。

道路端に雪が山のように積んであるのを見ると、あの子どものころのショックをかならず思いだす。

ピョンヤンは、寒気はきびしいが、雪はそれほど降らない。そのとき雪の山に隠した本は、いったいなんだったのだろうか。

以前、そのことを新聞に書いたことがあったが、たしか「雪の中の書庫」といったような題名だったと記憶している。

「本なんか読んでると、立派な軍人にはなれんぞ。体をきたえて、剣道でも稽古《けいこ》しろ」

というのが、父親の口ぐせだった。

いまもピョンヤンの道端に雪の山はあるのだろうか。

3

仕事の必要があって、『北越雪譜《ほくえつせっぷ》』を読んでいる。古い本だが、めっぽうおもしろい。北国の豪雪地帯の人情風俗、風景自然を描いて、手にとるような文章である。

その中に、雪深き山村を訪ねるくだりがある。

昔の人は、遠慮のない文章を書いたものだ。いまの感覚からすると、差別的と思われる部分が、あちこちに出てくるが、これが当時の感覚なのだろう。

鈴木牧之《すずきぼくし》編選、となっているが、三巻そろって世に出たのが天保八（一八三七）年というから、それほど古い本ではない。

その山奥の村の一軒を訪ねたときの記録である。

〈（前略）ここには銅罐《やかん》もありしとて、用意の茶を従者が煮たるを喫《のみ》、貯《たくわ》へたる菓子をかの三人の娘にもとらせければ、三人炉に腰かけて箕居《ふみはだかり》、足を灰のなかへふみ入れ珍《めずら》しがりてくわしを喰《くら》ふ。炉《ろ》には柱にもなるべき木を、惜気《おしげ》もなく焼《たき》たつる火影《はかげ》に照すを見れば、末のむすめは色黒く肥太《こえふと》りて醜し。をりをり裾をまくりあげて虫をひらふは見苦しけれど恥じらふさまもせず（後略）〉

灰の中に足をつっこんで、裾をひらいて虫を拾う娘とは、いったいどういう格好だろうか。

それにしても、

〈色黒く肥太りて醜し〉

とは、書きも書いたり、という感じだ。

この山村の人は、すべて冬も着たるままにて臥《ふ》す、とある。

着物をぬいで寝ることをしなかったのだろう。

この村の人は、まことに人柄良く、人と争うことがないという。色欲に薄く、博奕を知らず、酒屋はなければのむ人もなし、という。

〈むかしよりわら一すぢにてもぬすみしたる人なしといへり〉

と、ある。ほめるところはちゃんとほめて、けなすところは正直にけなす。昔の人の文章は、その辺がおもしろい。

雪国の風俗を描いて、この書にまさるものはない、と、あらためて感心した。

4

川端康成という作家は、エロティックな小説家だ、と、以前から思っていた。

『雪国』なんて、本当に色っぽい作品である。

最近、『片腕』が評価が高いが、私は彼の好色な小説のファンである。『眠れる美女』など、やっぱりおもしろい。

雪景色のでてくるロシアの小説は、どれも印象的だ。たしか雪のことをロシア語ではスニェークとか言ったと思う。

おなじ雪でも、シベリアの雪となると、風情《ふぜい》どころの話ではない。ロシアの雪には、圧倒的な量感がある。冬将軍ということばもそうだが、冬のロシアに攻めいって勝てるわけがないと思ってしまう。

むかし、『マウイ島の雪』という小説を書いたことがあった。

マウイ島はいまはリゾートとしてにぎわっているが、以前は島に信号がひとつしかないくらいにひなびた場所だった。ラハイナの交差点にあった信号がそれだ。

砂糖きび畠ばかりの島で、浜辺に日本人労働者の墓地があった。広島県と石川県の出身者が圧倒的に多かった。

ちょうどブルドーザーで、墓地を崩しているところだった。やがて豪華なホテルが建つ予定だと聞いた。

明治のころから、たくさんの日本人労働者が、マウイ島の砂糖きび畠で働いていたらしい。酷暑と激しい労働のために、つぎつぎと倒れて死んでいく。その死者を焼く煙が、毎日のように、ラハイナの家並みに降りそそいで、白い雪のようだった、という話を聞いた。

話半分としても、きつい話である。昔、『南の島に雪が降る』という芝居があったが、『マウイ島の雪』という題名は、そのとき見た日本人墓地の印象からきている。墓標がすべて日本の方角を向いていることが、なおさら記憶に残ったものだった。

モネの展覧会を国立新美術館で見たとき、雪景色の絵がとてもよかった。小川に橋がかかっていて、雪のむこうに倉庫のような建物がある。モネというと、睡蓮《すいれん》、とすぐに連想するが、そうではない。

モネの雪をもう一度、見てみたいと思う。

新美南吉《にいみなんきち》のまなざし

1

知多半島の半田《はんだ》という街にきている。半田ははじめて訪れる土地なので、「千所千泊」の九百番台の半ばくらいになるだろうか。

「千所千泊」

とはいうものの、最近は一泊することがほとんどない。昨夜は名古屋泊りだ。車で高速を利用すれば、一時間もかからずに半田へ着く。

半田といえば、最近では新美南吉《にいみなんきち》の生地として知られている。新美南吉は、広辞苑にもでている著名な作家だが、宮澤賢治や坪田譲治《つぼたじょうじ》ほどのスペースはさかれていない。児童文学者という扱いだから、というわけではないだろうが。

新美南吉の名は知らなくても、『ごんぎつね』の物語は、ほとんどの日本人が知っている。教科書で読んだ人が大半かもしれない。

私は新美南吉その人についての関心は、正直いって、それほどでもないが、彼の書いた童話というか物語の中で終生忘れることができないだろうと思われる作品がいくつかあった。

好きな順番でベスト・スリーをあげるなら、

『手袋を買いに』

『ごんぎつね』

『きつね』

の三つだろうか。

「なんだ、キツネの話ばかりじゃないか」

と笑う人もいるだろう。さらにつけ加えるなら、石太郎という少年がでてくる『屁《へ》』を加えてもいい。世間でいうその作家の代表作のリストなどにはあまり関係ない個人の好みである。

なかでも『手袋を買いに』は、絵のない文章だけで読んでもじつにいい。いい絵なので、どうしても絵本の印象がつよいのだが、文章には絵以上にイマジネーションをかきたてる力がある。

『きつね』は、代表作としてはほとんどあげられることのない作品だが、私は好きだ。

今回、私が半田市へやってきたのは、その新美南吉についての話をするためだった。新美南吉は一九一三年に生まれて戦争中の一九四三年に亡くなっている。二十九歳か三十歳ぐらいだろう。ちょうど今年（二〇一三年）が生誕百年没後七十年ということで、地元でさまざまな催しが行われている。そのひとつとして、私に新美南吉に関する話をせよ、という依頼が地元の新美南吉記念館からあったのだ。

私以外に、いろんな研究家や専門家がいるはずなのに、と首をかしげつつ、いちど半田を訪れてみたいという思いもあってやってきたのだった。

生誕百年とあって、地元半田の新美南吉関連事業のプログラムは尋常ではない。新美南吉記念館のリニューアル披露にはじまり、一月から十二月までさまざまなイベントが目白押しだ。有名タレントも参加する。NHK名古屋もバックアップする。音楽、演劇、美術、その他のパフォーマンスもぎっしりつまっている。

東京、名古屋、静岡など全国各地での催しもあるのだから、想像を絶する地元のエネルギーだ。

新美南吉おそるべし。

正直いって、私は創られた作品に感動するので、それを生みだした本人にはあまり関心がない。

これは例外的なケースだろう。ふつうは魅力的な作品に共感すれば、当然、その作者に関心をもつはずである。したがって、ひとりの表現者の生い立ちから、その生涯の端々まで研究調査の対象となる。無数の論評も群生する。柳田國男《やなぎたくにお》に柳田学というものがあるように、金子みすゞにも金子みすゞ学があるように、新美南吉学が誕生してもなんの不思議もない。宮澤賢治と同じく、新美南吉も徹底的に研究され、無数の論評がなされるだろう。

半田市の会場で、一時間半ほど新美南吉に触れてしゃべったが、壇上にいる間ずっと私の頭の中に浮遊したのはそのことだった。

2

『手袋を買いに』と、『きつね』は、私が圧倒的に好きな作品である。もちろん『ごんぎつね』の世界も、感動的だ。ヒューマンな物語というだけではない。そこに現実の不条理が、いやおうなしに露呈してくるところがおもしろい。

『手袋を買いに』を読んで、私がどうしても心にひっかかったのは、子ぎつねに親切に手袋を売ってやる店主のことだった。

ふつう一般には、この店主は人間的なやさしい人、という受けとられかたをするにちがいない。

子ぎつねが母親に、人間ってそんなにおそろしいものでもないみたいだよ、と報告するのは、手袋を売ってくれた店主への気持ちがこめられているはずだ。

母親から、まちがっても片方のキツネの手を見せてはいけませんよ、と言われていたにもかかわらず、子ぎつねはついうっかりして人間の形をした手でない、きつねの手のほうを見せてしまう。

ふつうなら店主は、それを見て、

「きつねに手袋なんか売らないよ」

と、戸をピシャリとしめてしまうだろう。ところが、その店主はちがう。

「おや、子ぎつねが手袋を買いにきたらしいぞ」

と思いつつも、拒否しない。子ぎつねに手袋を売ってやるのである。

いかにも人間的なやさしい人柄のように見えるので、読者はだれでもその店主に好感を抱くだろう。

子ぎつねから話をきいて、母ぎつねも首をひねる。

「人間って、いいものなのかも」

と、いう思いが胸にわいてくるのだ。本当はそうあってほしい、とふだんから願っているのである。しかし、過去の現実から、人間は相当におそろしい存在だと信じこんでいる。そこで迷う。その迷いにこそ、作者の人はこうあってほしいという切実な願いがにじみ出ている。

しかし、ひねくれ者の私は、それとはちがった見方をせずにはいられなかった。

「やっぱり人間ってそうなんだな」

と、感じたのである。それはむしろ、人間不信と言っていいような感覚である。

つまり、こういうことだ。

子ぎつねが雪の中を町に手袋を買いにいく。それだけで、すでに私たちは物語の世界に引きこまれてしまう。

母ぎつねに教えられたとおりに、ぼうし屋の看板をみつけ、トントンと戸をたたく。戸が少しあいて光が道にさす。子ぎつねは、その光にめんくらって、母親のことばを忘れてきつねの片手をさしだしてしまうのだ。

「このおててにちょうどいい手ぶくろをください」

ぼうし屋の主人は、おやおやと思う。これはきつねが手ぶくろを買いにきたな、と考える。

ふつうだと、店の主人はぴしゃりと戸をしめるか、あるいは断るだろう。

「うちにはきつねなんかに売る手ぶくろなんてないよ」

と。

しかし、店の主人はこう反応するのだ。きつねのことだから、きっと木の葉でも金のかわりに渡してだますんじゃないか。そこで、彼は言う。

「さきにお金をください」

子ぎつねは素直に、母ぎつねからもらった白銅貨二枚を手渡す。ぼうし屋の主人は、あくまで疑い深い。渡された白銅貨が本物の貨幣かどうか、指にのせてカチ合わせてみる。チンチンといい音がするので、これは本物のお金だな、と判断する。そして、棚から子ども用の毛糸の手ぶくろを出して子ぎつねに渡してやる。子ぎつねは礼を言ってもどっていく。

母親のもとにもどった子ぎつねは言う。

「母ちゃん、人間ってちっともこわかないや」

「どうして？」

「ぼく、まちがえて本物のきつねの手をだしてしまったの。でもぼうし屋さん、つかまえやしなかったの。ちゃんとこんなあたたかい手ぶくろくれたもの」

ほんとに人間はいいものかしら、という母親のつぶやきで物語は終るのだが、私はこの物語のやさしさ、美しさと同時に、どこかでゾッとするおそろしさも感じてしまったのである。

それは、やさしく応対してくれたぼうし屋の主人の本質に、現代の資本主義というものの根深い人間疎外が透けてみえるような気がしたからだった。あまりにひねくれた感じ方だと承知の上で、そのことを書く。

表現者の才能とは、意識の量ではない。知性の質だけでもない。本人の思考を超えた無意識の量と質の積である。

私たちは一般に作者の意図を作品から汲もうとする。国語のテストでよくある例だが、「ここで作者は何を言おうとしているのか。次の三つから選びなさい」

と、いうやつだ。しかし作品の価値は、作者の意図をどれだけ超えたかにある。子ぎつねのさしだした手を見て、「あ、これはキツネだな」と、店主は気づく。しかし、そこで店主は、「お金をだしてごらん」と要求する。それが木の葉のニャ金でないことを確かめるために、白銅貨を打ちつけて音をきいたりする。そして、その銅貨が本物であることを確認すると、手ぶくろを出して子ぎつねに渡す。

もし子ぎつねが銅貨を持ってなかったら店主は手ぶくろをくれただろうか。銅貨が木の葉のニセ金だったらどうしただろう。店主のやさしさの背後に、近代、現代に生きる私たちすべての人間の本質が見え隠れする。それは、金を出せばモノを売る、という本質である。

それを資本主義的人間と言ってしまうわけにはいかない。『ヴェニスの商人』のころから、金は人間を支配する力だった。念のため書いておくが、「ヴェニスの商人」とは、皆が誤解しているように強欲なユダヤ人の金貸しのことではない。義侠心に富んだ人物アントニオのことをさす。「ヴェニスの商人」とは、当時の英雄のことであり、都市国家を支える勇敢な商人に対する賞讃のことばだった。

金をだせば相手が人間だろうと動物だろうと商品を売る。それが資本主義的人間の本質である。政府軍と反体制革命軍の両方に武器を売るビジネスマンこそ、資本主義社会のシンボルだ。

店の主人は善良な心やさしい人にちがいない。しかし、金を見せろ、と言う。その金が本物の金であることを確かめた上で、子ぎつねに手ぶくろを渡すのである。

新美南吉の無意識のすごさは、現在の資本主義的人間の本質を鋭く映しだしている、などと言えば、たぶん失笑を買うだろう。しかしパレスチナ側とイスラエル側の両方に武器を売る者たちの相互確認は本物のマネーによる。

『屁』の中にでてくる「ポンツク」ということばや、『きつね』の主人公の家が「谷地」であることなどにも、新美南吉の深いまなざしを感ぜずにはいられない。新美南吉は、児童文学の枠を超えた大した作家なのである。

戦国時代のコワーい話

1

小学生のころ、親に隠れて講談本をよく読んでいた。有名な講釈師が口演したものを文章におこして、一巻にまとめたものだ。

枕にできるほど分厚い布表紙の本で、ふり仮名が多かったので有難かった。むずかしい漢字の読みかたは、ほとんどその手の本でおぼえたものである。

内容は戦国時代の英雄、豪傑の話が多かった。宮本武蔵や、荒木又右衛門などの剣の達人の話などもあった。信長、秀吉の活躍にも胸をおどらせたものである。

そのほか子どもの読物としては、有名な『講談社の絵本』シリーズがあった。

「われに七難八苦をあたえたまえ」

などと殊勝なことを祈る山中鹿介《やまなかしかのすけ》などのエピソードも、その絵本シリーズで知った。

そんな本を読んでいると、自然に空想がふくらんでくる。そのあげくには、自分が戦国時代に生まれなかったことが、くやしくてならないような気持ちがわいてくる。

〈ああ、どうしてこんな昭和の時代になんぞ生まれてきたんだろう〉

と、本気で残念がったものだ。

戦国時代に生まれていたなら、合戦《かっせん》で手柄をたてて、英雄、豪傑への道もあっただろう。一介の浪人から身をおこして、大名にまで出世できたかもしれない。

いまでもときどき、〈味気ない時代に生まれたものだ〉と、思うことがある。血沸《わ》き肉躍る乱世を、ふと夢見たりするのである。

最近、やたらと戦国時代の英雄たちは人気があるようだ。すこし前には、

「歴女」

などということばも、ちょっと流行った。歴史上の武将に憧れる女性のことを、そう呼んだらしい。

しかし、よくよく考えてみると、合戦というものは、じつに凄惨《せいさん》なものだ。昔の合戦は肉弾戦だから、大量に兵士が死ぬ。兵士と言えば格好いいが、要するに消耗品にすぎない。何万という雑兵《ぞうひょう》どもが殺し合うのが合戦である。

古代、中世の合戦は、セレモニーのようなものだった、という人がいる。大軍をつら

ね、旗指《はたさし》を背中にしょった騎馬軍勢が、横一列に並んで相手を威圧すれば、勝負は数の多いほうにおのずから決する。負けるとわかった戦はさけるのが戦場のつねである。降服するなり逃げるなりして、勝敗はおのずから決まる。そんなに派手に殺しあったりはしなかった、という説である。しかし、私はそうは思わない。

武士、とかサムライとかいう職業が尊敬されるようになったのは、世の中が安定してからのことだろう。

階級が固定されて、士族という新しいエリートが町人や農民の上の人として尊敬されるようになるのも、ずいぶん後の世のことである。

最初のころの武士たちは、暴力団にひとしい。敵を殺し、その生命をうばうことを特技として世を渡るアウトローである。一人からグループとなり、さらに集団となって武力を誇示した。

なにしろそれが仕事である。なにごとにもプロはいる。暴力のプロ、殺しのプロは当時の社会では力をもつ。

プロであるから、日頃から戦闘技術を学び、人殺しの練習にはげむ。武具を工夫し、戦術もねる。

新しい武器のテクノロジーについては、ことに敏感だ。小太刀《こだち》、大刀、マサカリ、長刀、弓矢、投石器、甲冑《かっちゅう》、鎖《くさり》かたびら、火薬、その他の兵器も常備する。

ことに修練したのは馬に乗ることや、組打ちの技である。

大刀をふるって馬で疾駆《しっく》する無法者集団の前に、農民も商人も職人も、なすすべはなかっただろう。食糧をうばい、女を犯し、放火する。要するに強盗団だ。

それに対抗するためには、別の集団に用心棒をたのむか、自衛団を組織するしかなかった。中世に勢威をふるった寺の僧兵たちも、寺とその荘園、領地、門前町の自衛隊として誕生している。

やがて地方の豪族、その他の支配者が、領主となって土地と農民と商工業を保護下におく。保護の代償は過酷な税と徴用だ。領主たちは勢力を拡大するために、合戦をおこなう。

合戦は武者だけではやれない。幾千幾万の大軍が組織される。その大部分は、雑兵とよばれる兵士たちだ。雑兵はプロではない。仕事のない男たちや、農民や、捕虜たちをトレーニングして作ったにわか仕立ての兵士たちである。

部隊が移動するときは、幹部たちは騎馬をかって走る。その後を旗を立てた雑兵たちが徒歩で駆ける。時代劇を見ていて、あれは本当に大変だなあ、と思うのは、馬上の指揮者たちを走って追いかける兵士たちの大群だ。そして戦いが始まれば、彼らがまず殺されることになるのだ。それが合戦である。

ふつうの合戦より、さらに凄惨をきわめるのが、一揆《いっき》、宗教がらみの戦いだ。外国でもそうである。ラテンアメリカも、アフリカ大陸も、実際は戦争というより宗教の旗をかかげた侵略だった。十字軍の例を引くまでもない。敵の都市を占領したとき、数日間は強奪、殺人、レイプなどは兵士たちに褒賞《ほうしょう》としてフリーだった例も多い。それがあるから、危険な合戦にあえて参加する雑民も少なくなかったのだろう。

宗教がらみとなると、流血は言語に絶する。

天草・島原の乱では、キリシタンの信者たちは原城に立てこもり、四カ月の籠城《ろうじょう》戦をたたかった。その数、老若男女すべてで約三万七千。その全員が死んだという。

この戦いでは、攻めた側の死傷者も多い。『原城耶蘇乱記』には、二月二十七日いち日の戦いだけで、千百十五人が死に、六千七百六十一人が負傷したと伝えられる。

信長の一向一揆攻めは、さらにこんなものではなかった。

有名な比叡山焼き打ちも、一向衆の根絶やし作戦のすごさには及ばない。北陸での念仏者は、草の根までもかき分けて殺されつくした。信長への現地からの報告書をひもどくと、とうてい読み続けることができないほどの衝撃をうける。

福井の町なかは、足の踏み場もないほど死体で埋めつくされていたという。その手柄を誇らしげに報告するのは、当時の武士たちの感性だったのだろう。

北陸といえば、日露戦争のときは、富山、金沢、福井の兵士が、多く旅順港攻略戦に動員された。この地方はもともと真宗王国として有名である。一向一揆のときに根絶やしにされた念仏の血は、信長の徹底的な弾圧によっても絶やすことができなかったのだ。

二〇三高地の攻防は、言語に絶する肉弾戦だった。戦友の死体をタテとして敵弾を防ぐのである。まさに湯水《ゆみず》のように兵隊が死んだ。砲声と悲鳴の中で、次第に潮のように日本兵士の間にわきあがってきたのは、「ナムアミダブツ」の合唱であったという。「ナムアミダブツ、ナムアミダブツ」と叫びながら突撃したという話を金沢できいたことがある。

2

十二世紀、源平争乱の時代になると、処刑と拷問《ごうもん》がさまざまな形で一般化していく。

敗者、反逆者の首を切ってさらす獄門が広くおこなわれるようになった。さらし首である。

当時の獄門は、首を台にのせて人目にさらすというスタイルではなく、もっと原始的かつ実用的であったらしい。

首を切り離ち、髪の毛を一本の棒にむすんでぶらさげる。それもいくつもの首をずらりと一本の棒にぶらさげてさらした。

そもそも平安末期から鎌倉前期にかけての天下騒乱の時代は、人の命など何とも思わぬ連中が大半だったようだ。

合戦や反乱を制した武者たちが都にもどってくると、パレードをくりひろげる。当時は武器として長刀が多く使われたようだが、その長刀の先に敵兵の首をさし、それを肩にかついでねり歩いたといわれる。

民衆もこわごわそのパレードを人垣をつくって見物したらしい。

やがて刑罰、拷問の手段として肉刑といわれるさまざまな手法が定着する。「鼻そぎ」という鼻を切り取る刑は、広く行われたようだ。

そのころは、下人という階級が存在した。奴婢《ぬひ》とよばれる奴隷である。卑賤《ひせん》視されるだけでなく、市場で売買され、家の奴婢は相続される財産でもあった。

差別というより、アウトカーストとして物のように扱われるのが下人である。

その下人が真面目に働かなかったからという理由で、耳を切られ、鼻をそがれるという事件はめずらしくはなかった。

また復報の手段としての刑も、さまざまに多様化する。「磔《はりつけ》」というよく知られる刑も、ふつうの「磔」だけではない。「土磔」というのは、手足を釘で固定し、地面によこたえた上で体の各部を斬っていく刑である。

「逆磔」は、木柱にしばりつけるとき頭部を下にして磔にする。磔にした者を石で打たせたり、通行人に鋸で引かせるやり方もあった。

歴史ミステリー研究会（編）『拷問と処刑の日本史』（双葉新書）には、当時のさまざまな拷問法や処刑のありさまが数多く紹介されている。

これを読み通すのは、ふつうの人なら大変だろう。さまざまな「磔」の中でも「串刺し磔」のくだりには、やはり戦国時代に生まれなくてよかった、と胸をなでおろしたものだった。

「串刺し」の磔とは、木柱に受刑者の足を左右に大きく固定して開かせる。

その下から処刑人が鎗《やり》で突く。肛門から腹部をつらぬいて口から鎗の先が出るように一気に突くのである。

これがなかなか思うようにはいかない。骨や内臓にからまれて、鎗が喉から口までうまく達しないのだ。

串刺しの磔用には、特別に細身の鎗を使ったらしいが、それでも肛門から口まで一気に突きあげるのは至難のわざだ。したがって何度も何度もやり直し、突き直す。

やられるほうも無残だが、私はその刑を執行させられる処刑者のことをさまざまに考えた。

頭上の罪人を下から突く。うまくいかずに何度も突けば、頭上から降りそそぐのは血や臓物ばかりではあるまい。尿や糞便も多量に浴びることだろう。血まみれ、糞だらけになって下から鎗を突きあげる処刑人を、見物の人びとはどのような目で見るのだろうか。

子どものころ無邪気に戦国の英雄をあこがれ、昭和に生まれたのを口惜しがったものだが、それはあまりにも幼稚な願望だったと思う。

合戦で死ぬのは幾万幾千の雑兵、そして英雄は数えるほどだ。確率からいっても、雑兵や農民、また奴婢として生まれたであろうことのほうが可能性は高い。

私などはたぶん幾多の罪をおかして、「釜ゆで」の刑にでもなったのではあるまいか。

「釜ゆで」には、水と、油を使うやり方があったそうだ。熱湯に投げこむやり方もあり、水からじわじわとゆでていく方法もあったという。

非情なのは、その釜に火を燃やす役を、罪人の家族、肉親などにやらせることもあったらしい。夫や父をゆでる釜に火をたくとは、なんということだろう。

「桑原、桑原」

と、首をすくめながら、そんな時代に生まれなかったことを有難く思う酷暑の午後だった。

地獄・極楽はどこにある

1

いまどき地獄などというものの存在を、本気で信じている現代人はいないだろう。

「地獄の苦しみ」

とか、

「地獄へいけ!」

とか、

「地獄の沙汰《さた》も金次第」

とか、口にしたり文字に書いたりすることはあるかもしれないが、実感はないはずだ。

ひと昔前までは、そうではなかったと思う。

すくなくとも、昭和の中期ぐらいまでは、地獄ということばにリアリティーがあったはずである。

しかし、いまや子どもでも地獄などと口にしない時代になってしまった。地獄というイメージが消滅すれば、当然のことながらその反対側にある極楽も消え失せる。「あの世」という考え方が成り立たなくなってしまうのだ。

「人は死ねばゴミになる」

と、おたがい口にこそ出さねど、自然に納得して生きている人が大半だろう。

しかし、かつて日本人のあいだに、知識としてではなく、強烈な実感として地獄・極楽が信じられていた時代があった。いや、つい数十年前まではそうだったのである。

極楽、浄土などの世界が憧れられたのは、単なる観念だけではない。そこに恐るべき地獄への恐怖があったからである。

その地獄のイメージは、数百年、いや、千年、二千年をかけてこの列島に育てられてきた。

古代インドにさかのぼるまでもなく、それは私たちのご先祖さまから語り伝えられた世界であった。

エンマさまという地獄の王がいて、嘘をつく者の舌を抜くという。賽《さい》の河原には鬼たちが待ちかまえている。中世の地獄草子は、いまのコミックよりもはるかに強烈なヴィジュアル世界を描いてみせてくれた。

私が子どものころでさえ、地獄の恐怖は生きていたのである。人びとはその地獄行きを逃れるために、信心を求めたと言っていいだろう。

ひとことで「地獄」「極楽」と言うが、昔の人はいったいどんなイメージを抱いていたのだろうか。

「極楽」というのは、当然ながら中国渡来のことばである。

〈これより西方十万億の仏土を過ぎて世界あり、名づけて極楽という〉

と、古い経典にあるのだそうだ。中国やわが国では、浄土信仰の対象として、「極楽浄土」という表現が多用された。

私たち現代人のイメージとしては、なんとなく金色に輝き、蓮の花が咲き、空に天人が舞うような絵柄が頭に浮かぶ。

「極楽って、どんなところ？」

と、孫にきかれたら、一般のお年寄りはなんと説明するだろう。

「楽しいところだよ」

「楽しいところって？」

「苦しみがないところさ」

「たとえば？」

「暑さ、寒さがないとか――」

「エアコンがあればいいでしょ」

「食べものに困らないとか」

「冷蔵庫に何でもあるもん」

「安心して暮せるところかな」

「ふーん」

と、いうことで、子どもには納得できない世界だろう。

浄土に往って成仏する、仏になる、と説明してもいまひとつはっきりしない。

この世は闇だ、という感じ方もある。極楽とはその反対で、どこまでも光にみち、明るい世界である、と説明する人もいる。

しかし、明るいばっかりじゃ退屈だろう、影があればこそ光が幸せなのだ、などとひねくれた意見もあるはずだ。

宗教辞典などを引くと、極楽についても、地獄についても、こと細かく述べてあるが、いまひとつピンとこない。

とりあえず現代の私たちには、日ごと夜ごと絶えまなくうなされる悪夢の地獄世界というものがまずないのである。

地獄の恐怖がなければ、極楽への熱い憧憬もない。極楽浄土への思いがなければ、一般に宗教というものは成り立たないのではないか。

2

往生と成仏はちがう、と曽我量深師は言った。死後を待つことなく往生できる、という思想だけが、かろうじて信仰を支えることができるのではないだろうか。

つまり脱地獄・極楽の思想である。

死んだあとどうなるか、などという質問には答えようがない。そもそも、そういう質問そのものが無意味だろう。

なぜならば、死後のことをレポートできる人間はいないからである。かりに説明する人がいたとしても、それは想像にすぎない。

ブッダは死後の霊魂の存在について、何も言わなかった。「無記」というのは、黙して答えなかったということだ。

それにしても古代以来、「あの世」についてなんと多く語られてきたことか。見てきたような「あの世」の描写は、呆れるばかりに細密である。

かつての医師と同じように、お坊さまが絶対の信頼を保持していた時代は長く続いた。その偉いお坊さまが説く地獄・極楽の存在を疑う者は、まずいなかった。

絵画、物語、演芸、歌謡など、あらゆるジャンルが死後の世界を描いてみせる。地獄も、極楽も、空想の世界ではなかった。リアルな存在として人びとの無意識に刷りこまれていたのである。

中世を迷信の時代、と呼ぶ学者もいる。呪術的なもの、悪霊や奇蹟が生活を支えていたからだ。

近代、現代と、人びとはその悪夢から醒めてきたかに見える。しかし、いまの私たちの中に、そのような迷信的感覚が生きていないかどうか。

私は自分で合理主義者のように思っている。しかし、ゲンをかついだり、特定の数字を忌《い》んだりする感覚は決して消えてはいない。

来世を信じていないにもかかわらず、ふともうひとつの世界を思ったりもする。

親しい友人に先立たれた時など、

「そうか、君は先に往くのか。いずれまたむこうで会おうぜ」

などと、ふと心の中でつぶやくこともあるのだ。

私は、宗教は死後のためにあるのではないと思っている。死ぬまでの人生を、生きている現在を活性化するものではないかと考えている。

W・ジェームズは、「宗教はシック・マインドのためにある」と言った。金子みすゞの視線をもってすれば、人はすべて「病める心」の持主である。その「病める」心の中に、呪術的世界への傾斜があり、それは決して中世人の心の闇というようなものではない。いまの私たちの中にも宿る病としか考えようがないのである。

地獄は現世にある。この世に生きることがすなわち地獄に生きることだ。そういう見方もある。現在もあるし、過去にもあった。

このところフランクルの仕事をめぐって、さまざまな反響が目立つ。

ナチス・ドイツの時代を生きた知識人たち、とりわけユダヤ系の人びとにとっては、一九三〇年代から四〇年代半ばまでは、現実の地獄の時代だっただろう。

ナチの強制収容所は、さしずめその象徴である。その極限状態を生き抜いたフランクルの声が、いまなお私たちの胸を打つのは、実際の地獄を体験した人のことばだからだろう。

人間が人間としての誇りと、信念を持って生きる限り、地獄もまた人間的な世界になりうるという信念には、黙ってうなずくしかない。

地獄がこの世にあるとすれば、極楽・浄土もあっていいはずである。しかしこの世の極楽を体験した人のドキュメントがほとんどないのはなぜだろうか。

親鸞は回心《えしん》（信の定まること）するときに、人はすでに浄土に生まれたにひとしいと言った。

「臨終を待たず」

「仏の来迎を待つことなし」

というのが、彼の立場だった。すなわち、極楽・浄土は現にこの世にもありうる、としたのだろう。

心が闇に閉ざされている。それが地獄であり、そこに明るい光がさしこんで、生きる希望と歓びが湧きあがってきたとき、それを極楽・浄土と考えたにちがいない。

しかし、それでもなお私たちは、無明の闇を引きずって生きる。一点の影もない澄みきった人生など、とうていありえないと感じる。

私たちはすでに古代的な呪術的世界をのり超えたつもりでいるが、本当はそうではないのではないか。

非合理なもの、見えざる世界、迷信とされるもの、それらときっぱり縁を切っているつもりでも、実際にはそうではない。

ケガレを恐れ、悪霊を恐れた古代、中世の人間と私たちはいまもつながっている。

思いがけぬ不測の事態がつづくと、「厄払いでもするか」と、つい考えてしまう自分を、だれが完全に否定できるだろう。

3

私たちはすでに地獄を信じてはいない。そして極楽をも夢見ていない。しかし、何かにとらわれている自分を感じる。それは何だろう。

古来、地獄についてば説法の中で多々語られてきた。地獄草子《ぞうし》などの絵ときもある。

大道芸にも地獄を見てきたように述べる芸人たちがいた。また極楽についても同様である。そこで説明される極楽の姿は、現在の私たちの感覚では、とてもついてはいけるものではない。

飲み食いは思いのまま。良い香りがあたりに漂い、流れる音曲は心をくすぐる。空には五色の雲が流れ、地は宝石で輝き、花々は咲き乱れ、色とりどりの鳥たちがさえずる。暑さ寒さに悩まされることもなく、どこからともなく仏法を説く声が降ってくる。

地獄はその正反対である。しかしいくら大げさなことばをつらねたところで、現代人は鼻で笑うだけだろう。

中世人と現代の私たちを分かつものは、自己を罪ある者として重圧を感じているか否かという点ではないかと思われる。

いわゆる浄土教の念仏者たちには、底辺の大衆だけでなく、しかるべき武士たちも多くいた。

いわゆる殺生《せっしょう》を稼業とする者たちである。俗に「海山稼ぐ者」とされた庶民たち以上に、武士は直接に人の命を奪うことを専業とする者たちだ。初期の武士団は、そのようなプロの集団だった。田畑を耕す者も、商いをする者も同じ罪ある存在としておのれを自覚していた時代である。

現在の私たちが清らかな世界（浄土）に生まれることを切望しないのは、その罪の重圧を感じていないからにほかならない。すなわち地獄の存在から遠くはなれた場所に生きているということだ。

現代人にとっての目下の不安は、たとえば経済的な問題だろう。生活苦の重圧のほうが、魂の不安よりもはるかに大きい。死後の地獄のことなど、ほとんど実感がなくて当然である。

南海トラフ地震の危機とか、ハイパーインフレへの不安とか、国家財政破綻の恐れとか、目下さまざまなストレスが私たちの心にのしかかっている。がんや放射能への不安もある。そこに来世の地獄のイメージがはいりこむ隙間はない。

地獄への、身をもむような重圧がない世界に、極楽浄土への希求はない。そもそも「輪廻転生《りんねてんしょう》」の死生観を切断するものとしての極楽・浄土という発想が私たちにはないからである。

では、私たちはどこへいくのか。その問いすらつきつめて考えることのない「いま」なのだ。

不易流行《ふえきりゅうこう》

1

芭蕉は、

「不易流行」

ということを言った。芭蕉は俳人だから、もちろん俳句を作るうえでの心得だろう。

簡単な辞書を引くと、こんな説明がのっている。

〈不易は詩の基本である永遠性。流行はその時々の新風の体。共に風雅の誠から出るものであるから、根元においては一つであるという〉

要するにどちらも大事、ということか。

永遠に変らないものがある。それはたしかだ。

人間の欲、男女の情、人生の期限、すべて千年も万年も変らない。

生・老・病・死、これも不易である。

しかし、時代は変る。季節もうつろう。永遠の山河という見方は、三・一一で一変した。自然も、故郷も変るのだ。宇宙も変る。学問も、思想も変る。

絶対に変らないものがあり、そして一方でつねに変化しつづけるものがある。変りゆくものを流行という。変らぬものを不易という。

そのどちらもが真実であるということを、誰もが身にしみて知っているはずだ。

街ですれちがう男たちの服装が、半世紀前とは一変している。

一様にモモヒキのような細身のズボンをはき、チョッキのようなピチピチの上衣をはおっている。

私がいまはいているズボンは、一九七〇年代から八〇年代にかけて作ったものだ。数多く作ったうえに、材質がいいので、なかなかたびれない。この二、三十年来、ずっと当時のものをはき続けている。

どれも胴回りがゆったりしていて、全体に太い。タックは二本とってある。裾幅は二十二、三センチ以上ある。それでも当時としてはかなり細めだったのだ。

ジャケットは肩幅が広く、厚手のパットが入っている。下に厚手のセーターを着てもまったくしわが出ないゆったりした造りである。ゴージはとことん低く、ベントはセンターに切ってある。

こういう服を着て、最近の街を歩くのには、いささか勇気がいる。なにか奇をてらったオーバー・ファッションを誇示しているかのように見られかねないからだ。

「不易流行、不易流行」

と、つぶやきながら、二十一世紀の街を歩くのは、いささか肩の凝る行為ではある。

デモにも流行がある。

最近の市民デモは、三三五五、和やかに歩いている形式のデモが多い。組合などがやるデモも、昔のように腕を組んだりはしないようだ。ジグザグデモなどという運動量の多いデモも、あまり見かけなくなった。

ある大学教授が、女子学生をデモに誘った話をきいた。かなり以前のことである。

「デモにいくんだが、一緒にどうかね」

「デモって、あのデモ?」

「そうだ。皆と腕を組んでシュプレヒコールなんかを大声で叫ぶとスカッとするよ。鬱《うっ》な気分も吹っとんじまうぞ」

「エーッ、いやだー、知らない人と腕組んだりするんですかー。絶対いかなーい」

知らない人と腕を組む、などということが想像もつかない時代になったのだ。

男性用化粧品の広告などを見ると、サラサラ、スッキリ、などとやたら強調してある。要するに脂っぽいのが駄目であるらしい。ギトギト、ベタベタ、がタブーなのである。

横浜からの東横線の車中で観察していると、シートに坐る客たちが、十センチくらい両側を空けて坐っている。もちろん午後のゆったりした車内だが、体やお尻を密着させるのがいやらしい。

他人と少し距離をおいて、というのが当世の流行なのだろうか。当然、市民デモも、スクラムを組んだりするのは流行らないわけだ。

人の体温を感じる、臭いをかぐ、肌を密着させる、汗に触れる、すべてノーとなると、どういうことになるのか。

半世紀前、タンゴやスローな曲を踊るときには、下半身をぴったり密着させて踊った。微妙なステップのサインを、体と体で感じつつ踊ったわけである。

いまはダンスといえば、離れて踊る。チークダンスは別として、親しい仲でも距離をおくというのが、最近の傾向であるらしい。

要するに生身の人間がイヤなのだ。体臭も、汗も、息も、体温も、できるだけ感じないように暮す時代になったのである。

鍋がダメ、という若い人がいる。年配の男たちが、勝手に自分の箸《はし》を鍋に突っこむのが耐えられないらしい。

私たちの敗戦後の暮しは、本当にひどいものだった。チューインガムの貸し借りなんぞ当り前のことだった。口でクチャクチャやっているガムを、「ちょっとかして」と、女の子が引きとって噛《か》んだりしたものだ。時代は変る。

2

最近、あまり「流行歌」ということばをきかなくなった。

明治、大正のころは、

「はやり歌」

とか、そんなふうに言ったのだろう。やがて「流行歌」という呼びかたが流行り、「流行歌手」という芸能人たちが出てくる。戦後しばらくは、

「流行歌手」

という職業が、目のくらむようなまばゆさで感じられていた時代だったのだ。

私が中学生のころ、町に春日八郎《かすがはちろう》という人気歌手が来演した。会場は、町にただひとつの映画館だった。

当時、「赤いランプの終列車」という歌が大ヒットして、春日八郎といえば超大スターだった。「別れの一本杉」など、名曲のレパートリーも数多くあったベテラン歌手である。

〽粋な黒塀　見越しの松に

などと「お富さん」の歌を、子どもたちまでみんな口ずさんでいた大ヒット曲である。

当日、会場の外からでも公演の様子をうかがおうと、町の映画館まで出かけていった。これがもう大変な騒ぎで、十重二十重に映画館をとり囲んだ観衆のために、まったく近づくことができない。せめてスピーカーから流れる歌声でもきけないものかと思っていたが、それどころではなかった。

戦後、一時期の流行歌手の人気たるや、いまでは想像もつかないほどだったのである。流行歌は、まさに流行の頂点にある世界だったといっていい。

それから五十有余年、いまはもう流行歌ということばさえ色あせてしまっている。ヒット曲はたくさんあるらしいが、世間に流行してはいないのだ。老いも若きも、国民こぞって口ずさんでこその流行歌である。一部の熱狂的なファンの人気を集めているだけでは、流行とは言えまい。

現在、流行しているものといえば、まずスマートフォンだろうか。「だっこちゃん」「フラフープ」どころの話ではない。国民皆スマホといった雰囲気である。しかも、これは一国の流行ではなく、全世界で五十億以上の携帯が使われているというのだからすごい。

スマートフォンと、スマートボムの間には、ほとんどわずかな距離しかない。

CDSやデリバティヴは、さしずめスマートマネーか。

二十一世紀のキーワードは、「スマート」のような気がする。

3

流行というのは、なにもファッションや音楽、芸能の世界のみではない。

ある意味で、すべての文物はその時代の流行に左右される。

先日、ある医大で精神科の医師がたの学会に呼ばれて、話をしにいった。べつに専門的な話でなくてもよいから、とすすめられて出かけたのだ。

その会で頂戴した分厚いパンフレットを読んで、なるほど、医学の世界にも流行というのはあるのだな、と思った。「以前はこうだったが最近は新しい治療法、薬品が主流となっている」といった記述があちこちに見られたからである。薬ということに関していえば、最近は「多剤・大量投与」という流れが目立つこともわかった。

医学だけの話ではない。哲学も、物理学にも、すべての文化には流行があるのだ。

慈覚大師円仁《えんにん》といえば、九世紀の傑僧である。天台の僧だが、比叡山にいたころ親鸞も円仁に憧れた時代もあったようだ。

この人はマルコ・ポーロの旅行記をもはるかにしのぐ優れた紀行日記を残したことで知られている。

『入唐求法巡礼行記《にっとうぐほうじゅんれいこうき》』

というのがそれだ。円仁は九世紀後半、中国大陸に渡り、くまなく各地を歩いて詳細な日記を書いた。その中に、当時、仏教がいかに中国に流行したか、そしてやがて強烈な仏教弾圧がどれほど一世を風靡《ふうび》したかを、つぶさに記している。かつて仏教は、一大流行だったのだ。そしてその流行の大きな反動が流行となる。

最盛期、仏教に帰依する人びとは、家の前に机をおき、通行する旅人たちに心ゆくまで精進料理を提供したという。それはまさに世間の流行だったのである。

やがてその流行はすたれ、寺院も荒廃していく。それもまた流行である。

「不易流行」

という芭蕉のことばには、かなり深い視点がある。流行は不易だ、という発想と、また逆に不易なるものこそ流行である、という真実がそこにあるように思われる。

政治にも流行がある。法律にも、恋愛にも、生死に関する考え方にも流行がある。

そして、その流行の奥に、不易なる人間の生態がひそんでいる。

さしずめ当節は、スマート、カジュアル、コンビニエンスが流行のベースのように感じられるが、どうだろうか。

自利と利他

1

芥川賞と直木賞のちがいは何？　と、よく聞かれることがある。

また、「純文学」と「大衆文学」の境い目はどの辺にあるのか、と質問されることもある。

そういった問いが発せられること自体が、時代というものだろう。私たち昭和ヒトケタ世代では、それは自明のことだった。

埴谷雄高《はにやゆたか》は純文学で、吉川英治は大衆文学。そこには、はっきりした区別があった。井伏鱒二さんは純文学でしょう？　ときかれれば、当然そうです、と答える。松本清張さんは大衆文学ですか、と質問されれば、おおむねそうでしょう、と言う。

しかし、井伏鱒二は、直木賞作家である。『ジョン萬次郎漂流記』で第六回の直木賞を受けている。

一方、松本清張は芥川賞作家だ。一九五二年に『或る「小倉日記」伝』が受賞して文芸ジャーナリズムに登場した。初期の私小説的な短篇は、どうみても純文学ふうのものが多い。後年はベストセラー作家として大活躍した。

このあたりが、一般の読者が混乱するところなのだろうか。

川端康成の『雪国』は、純文学の分野に入るノーベル賞受賞作品だ。それでいて、『伊豆の踊子』とともに、国民文学といっていいひろい読者をもっている。この『雪国』は、十数年にわたって、いくつかの雑誌に分載され、一九四七年に完結した。最後のほうは、たしか「小説新潮」にのったのではなかったか。

「小説新潮」は、いわゆる純文学雑誌ではない。「オール讀物」「小説現代」とならんで、中間小説御三家とよばれた読物系の雑誌である。試みに手元にある『広辞苑』をたしかめてみると、純文学誌の「新潮」は次のように紹介されているが、「小説新潮」はない。

〈「新潮」(前略)第二次世界大戦後は海外文学の紹介に特色をみせたほか、不偏不党の立場で地味な努力を続け、日本における唯一の長命な文芸誌として現在にいたっている〉

ちなみに広辞苑には、「群像」「文藝」などの純文学誌は、とりあげられていない。最近は、純文学誌と中間小説誌の両方でボーダレスに活躍している作家もでてきた。

とはいうものの、一般的には芥川賞を受けたものは純文学、直木賞は大衆文学、純文学誌に掲載されたものは純文学、小説読物誌にのったものは大衆文学、というのが、月並みな分けかただろう。

2

しかし、私がここで書こうとしているのは、文学についてではなかった。仏教におけるふたつの流れについて、最近、思うところあってのことである。

ブッダ（釈迦）はもともと仏教徒《ブッディスト》ではなかった。

キリストがキリスト教徒ではなかったのと同じである。それは当然のことだ。

ブッダは古いバラモンの教えの改革者であったし、イエス・キリストはユダヤ教の指導者と古い律法への反抗者だった。

ブッダが死んだあと、その言行はさまざまに解釈・編集されて、ブッダの教えはいわゆる仏教として世にひろめられていく。その過程でのセクトの成立、分裂、抗争は呆れるほどのものだ。しかし、それなりに原始教団としてまとまっていた。それがブッダの死後、百年ほどが過ぎて、二派に分裂する。いわゆる上座部《じょうざぶ》と大衆部の対立、といわれるのがそれである。

このあたりについて書くのは、やめる。あまりにややこしくて、それを考えるだけで私のような怠け者は頭が痛くなってくるからだ。

とりあえず簡単に切ってしまえば、上座部は自利、大衆部は利他にアクセントをおくと言っても、あながちまちがいではあるまい。

この「自利」と「利他」という業界用語も厄介だ。このふたつは、対立する行為ではなく、一般には「自利利他」というふうにひとつながりで用いられるのがふつうだろう。

のちに大乗仏教《だいじょうぶっきょう》というやつがでてくるが、この大乗思想の理想は、「自利《じり》・利他《りた》」の両面をかねそなえることだと言われる。

「自利」とは、自分を利すること。「利他」は、他人のために働くことである。このふたつは、切っても切りはなせない仏教の核心ではあるが、自利を先におくか、利他を最初にもってくるかというちがいは、たしかにあるようだ。

上座部と称される部派は、自己の完成、悟りをひらくことに利他への道を考える。

大衆部は、いわゆる菩薩行《ぼさつぎょう》といって、みずからを捨てて人びとのために働くことから自己の悟りへの道を求める。

戒律を守り、修行をつみ、思索して悟りを求めて、その成果を得た人は、おのずとひとつの灯火のように明るい光を放ち、闇を照らす。それは世の人びとにとって、なによりも有難いことである。自利すなわち利他となる。それはたしかにある。「利他」に徹し、人びとを救うことに生命を捧げる者は、そのことによって自らの存在の意味を発見する。利他から、自利への道がそれである。その道もまた、あるだろう。紀元前後ごろ、インドで新仏教運動がおこったといわれる。いわゆる大乗仏教の出現だ。

それまでの仏教が、ブッダの死後、次第に出家者中心の職業的なものになっていったことに対する反動だろう。

かつてブッダにしたがう修行僧たちは、托鉢《たくはつ》と移動放浪をモットーとした。ただし雨期には坊にとどまり、思索や精神修行に集中する。それ以外の日々は、もっぱら旅に暮す。ブッダも八十歳にして旅にでた。

しかし、ブッダの死後、僧たちは新興商人や権力者の庇護をうけて、僧院やサンガに定住するようになっていく。

不特定多数の信徒から、托鉢によって日々の糧をうるより、スポンサーの世話になったほうが楽なのは、古今東西を通じて変りはない。

王侯貴族や、豪商、富者に支えられた修行は、おのずと自己完成をめざす閉ざされたものになっていく。思索と晩学、理論的、知的世界の構築、自己完成をめざす悟りの追求。

そして万人をすくうという仏教の初心は失われ、布教や伝道を蔑視し、求道中心の仏教世界が固定していった。自利への偏重である。

たぶん大乗仏教運動は、そのような仏教の保守化、閉鎖性への批判として生じたものだろう。

彼ら改革派は、みずからを菩薩と称し、利他をスローガンにかかげて民衆の中へはいっていく。十九世紀ロシアの「ヴ・ナロード」（民衆の中へ）の運動みたいなものだ。

彼らはみずからの立場を誇示し、それまでの自利中心の体制仏教を、小乗仏教《しょうじょうぶっきょう》とよんだ。

この小乗仏教ということばは、しばしば大乗仏教の反対語のように用いられることがあるが、それは正しくない。相手をいやしめて、敵対する立場からの悪口である。戦争中に、日本軍部が「鬼畜米英」と叫んだようなものだろう。

上座部と大衆部。

そして南伝仏教と北伝仏教。

さらに大乗仏教と小乗仏教。

こうしてみると、「自利・利他」「利他・自利」のふたつが、本来統一的にとらえられるべきであるにもかかわらず、現実にはどうしても対立として見えてくるのだ。

そして、その辺をむしろはっきりさせておいたほうがいいと思われるのが、自己の位置である。大乗の立場は、まず自己の個性を殺すことから出発するところに特色があるのではないか。

上座部仏教も、大衆仏教も、仏の教えというところでは一緒だろう。

しかし、「自利→利他」か、「利他→自利」かのちがいは、たしかにある。ちがいはありながら、出会う場所がある。

純文学と大衆文学のちがいがあるとしたら、「自己を確立しようとする文学」と、「自己を消滅させようとする文芸」とのちがいなのではあるまいか。

ブッダは最初から利他を志して出家したわけではない。自己の悟りというか、真理の気づきを求めて苦行に打ちこみ、それに挫折したのだ。

やがて苦行を捨て、樹下の瞑想《めいそう》に入り、いわゆる解脱《げだつ》にいたる。その修行は終始一貫、自己の悟りのためだった。

しかし、ブッダの自己は、閉ざされた自己ではなかった。自己↓人間、という、開かれた自己だったからこそ、それが利他へむかって展開していく。

悟りをえたブッダは、当初は他者に自己の得た成果を決して語ろうとはしなかったという。そこに意識されたのは、自己と他者の断絶である。

唯我独尊《ゆいがどくそん》。自分は宇宙にただ一人の自己である。決して他人と同じ自分ではない。人間に、もし尊厳があるとすれば、それは数十億人の中に唯一の存在として在る、ということだろう。独尊とは、独り尊《たっと》しとなす、ではない。独りの存在ゆえに尊い、という考え方である。だからこそ自分の悟りは自分だけのもので、容易に他人に援用できるものではないと感じたのだろう。

やがて再三のすすめを受けて、ブッダは躊躇《ちゅうちょ》しつつも、おずおずと他者に対して語りだす。

それ以後のブッダは、八十歳で旅に倒れるまで、終始一貫、大乗的な日々を送った。すすんで人びとに語りかける。王も貴族も、遊女も盗賊も、一切の差別なく、語りに語る。

時に応じ、人を見て、話法を変え、物語や、たとえ話を多用する。

〈釈尊はばかに話が上手なり〉

釈尊のかわりに「釈迦牟尼《しゃかむに》」を入れてもいい。この川柳には、ブッダの大衆文学的側面を、巧みに冷やかしているエスプリがある。

ブッダの樹下の純粋思索は、短いものだった。三十代で悟りをえてからの生涯の大半は、伝道と布教の日々である。その布教伝道の中で、ブッダの思索は深められ、磨かれていった、と私は考えるのだ。

歌、詩、偈《げ》の中にあるもの

1

これまでに何度か書いたことだが、「識詩率《しきしりつ》」という表現に感心したことがある。

「識字率」

というのは、よく使われることばだ。国民の中で、読み書きができる人びとの割合を言う。わが国の識字率は、ほとんど一〇〇パーセントだと思っていたのだが、実態はそうではないらしい。差別や貧困の中で、義務教育をちゃんと受けることができなかった人びとも少くなかったのだ。

しかし、一般に、「識字率」が高いといえば、なんとなく文明国という感じがする。しかし、読み書きができる、ということと、その国民の質的な豊かさとは、はたして一緒だろうか。

長くアフガニスタンにいた私の友人が口にしたのが、この「識詩率」ということばだった。

「アフガンの人たちはね、識字率はかならずしも高くはないと思うけど、識詩率が高いんですよね」

夜、山あいの砂地で野宿していると、たき火の周囲で自然に誰かが詩を口ずさみはじめる。するとその声に合わせて仲間が声高くその詩を斉唱しはじめ、星空のもと詩のコーラスが夜の中に流れてゆく。そんな情況を、彼は感動的に語ってくれたのだ。

「古い詩人の詩はもちろん、新しい詩まで皆がよく知っているんです。しかも、それは頭でおぼえているのではなくて、口をついて流れだす生きた詩なんですね。詩を愛する感情とか、それを生活のなかで自分の体になじませているところとか、詩というものの根元的な力を感じます。いまのこの国は識字率も知識率も高いけど、それがないような気がする」

中近東でも、ロシアでも、人びとが詩を愛唱する文化的風土というものが深くある。そのことに何度となく驚かされたことがあった。

詩と歌とが一体であるような世界が、いまも変らずに存在するのだ。

ヨーロッパでも、戦後のハンガリー動乱のとき、自由と解放を叫ぶ詩人の詩を、国民の半分が暗誦できたという話もきいた。

ブッダの教えは、偈《げ》として世間に伝えられた。韻をふんだ詩の形で、その教えはひろまっていったのである。ブッダ自身も、韻文を愛唱していたといわれる。一定のリズムをもち、韻をふんだことばこそが、真理を説くにもっともふさわしい形式だったのだ。

私たちが理解しているブッダの教えは、そのリズムと音の響きの輝きを失ったぬけがらみたいなものかもしれない。音とリズム。真理はそれとともにあったのだとあらためて思う。

「偈」とはあまりふだんは耳にしないことばだ。しかし、「正信偈」の「偈」だといえば、ああ、あれか、とうなずく人もいるだろう。

「偈」とはサンスクリットの gāthā のことであるという。漢字に音を写したものだ。これは歌であり、詩のようなものである。リズムがあり、韻をふんだ調子のいいことばをつらねて、仏教の真理を語るのが「偈」。

ある世代の人なら、おじいちゃんや、両親などが、

「キーミョームーリョー　ジューニョーラーイ　ナームーフーカーシーギーコー」

と、仏壇の前でとなえている姿に接したことがあるのではないか。文字に書けば、

「帰命無量寿如来　南無不可思議光」

となるが、黙読するものではない。あくまで声にだして、詠唱するための歌詞である。親鸞がこれを作詞した。『教行信証』の行巻末尾の七言百二十句の歌である。蓮如《れんによ》がそれを真宗人の「おつとめ」の作法とした。「正信念仏偈」という。これを和讃とともに朝夕、読誦《どくじゅ》するのが、かつての真宗人のならわしだった。

読誦というが、読みあげるのではない。節をつけてうたうのだ。くだいていえば、「念仏歌」というべきだろう。

メロディーがあり、リズムがある。これこそブッダの教えを正しくうけつぐやり方である。ブッダは「うたう人」だったのである。そして親鸞も「歌」をたくさん書いた。晩年の和讃は、すべてうたいあげるための詞である。親鸞はこれを、平安末期に巷《ちまた》で大流行した歌謡「今様」のスタイルを生かして作詞した。七五調八行の今様調である。

親鸞はこれを机にむかって黙々と書きつづっていたのではあるまい。ことばに節《ふし》をつけ、リズムにのせて、自分自身が口ずさみつつ作りあげたはずである。

ブッダをふくめて、インド人は八八調を好んだといわれる。リズムは民族に独自の文化だ。私たちの体の深いところに七五調のリズムが響いているように、インド人はインド人のリズム、中国人は中国人のリズム感をもっている。

2

仏教というと、とかく無言で坐る、静寂と沈黙というイメージがあるが、それはちがう。仏教とは、うたう教えである。大きな声で体をゆすって真理をうたいあげる。それが古代のブッダの仏教だった。親鸞は晩年に多くの和讃を作ることで、その本道をあゆんだ人である、と私は思う。

以前からずっと気になっていたことがある。

聖徳太子は、わが国に仏教の土台を置いた人物として深く尊敬されている。ことに有名なのは、

「三宝を敬え」

という言葉である。三宝とは、「仏」「法」「僧」のことだと教えられた。インドで仏蹟を訪ねたとき、何百人ものチベット僧が集って一斉に合唱しているのに出会ったことがある。

「ブッダン・サラナン・ガッチャーミー」

「ダンマン・サラナン・ガッチャーミー」

「サンガン・サラナン・ガッチャーミー」

と、メロディックな歌声がどこまでも流れていく。

「仏・法・僧」

の三宝とは、このことだろう。

「ブッダを深く敬います」

「真理に深く帰依します」

「サンガを深く大切にいたします」


聖徳太子がいうところの「僧」とは、お坊さん、僧侶のことではない。出家した人びとが集って共同生活をいとなむ場のことである。そこでは出家者は、身分出自の差別を捨て、すべての現世のしがらみを断って、托鉢《たくはつ》によって生きる。集団の規則を守り、瞑想と悟りを求める日々を送る。その生活共同体をサンガといった。

そこでともに仏道を求める仲間たちを「善知識」という。先輩とか、偉い指導者のことを言うのではない。ブッダその人は皆から尊敬されたが、とくに師として神格化されたわけではなかった。バラモン的差別社会の中で、あえて不可触民も含む平等な場がサンガだったのだ。

「仏・法・僧」を深く敬え、というのは、そういう意味である。仏と法とはわかる。しかし「僧」を「僧侶」「お坊さん」と訳してしまうと誤りだろう。仏法を求めて修業する出家者仲間の集い、その共同体を大切に、というのが「三宝」の真意である。

出家者の集いといえば、当時でいうなら聖なる乞食《こつじき》の集団だ。結婚せず、労働せず、ひたすら托鉢によって生きる。そういうアウトサイダーを蔑視してはいけない、大事にせよ、という意味だろう。いわば非社会的存在として集う求道者のグループ、それがサンガだ。いま、はたしてそのようなサンガはあるのだろうか。

3

なにかがまちがっている。

なにかが誤解されている。仏教というものを学問だと思っている人びとがいる。寺は檀家をしたがえていると考える人びともいる。

経《きょう》とは、あげてもらうものだと勘違いしている人びとがいる。経とは歌であり、詩であることを認めない人びともいる。

老いも若きも、男も女も、声をあわせて和讃をうたう。その合唱の中に、いきいきとよみがえる本来の仏教をきく。

私たち日本人は、戦争の時代に論理によって忠君愛国の精神を鼓舞されたのではない。明治以来、数々の愛国歌によって滅私奉公の心をつちかわれたのだ。

中国の寺の門前で、なにやら口ずさみながら逍遥《しょうよう》している若い修行僧をみかけたことがある。鼻歌でもうたっているのかと思っていたのだが、後でそれが唱導歌《しょうどうか》とよばれる大事な歌だと教えられた。

修行といえば荒行ばかりを連想するが、そうではない。歌をうたいながら歩き回るのも、大事な修行なのである。

歌と、詩と、音楽との三つを忘れた仏教は、正しい仏教ではない。文字に書かれ章は、うたうことばを伝えるための道具である。

経はあげてもらうものではない。声にだして全員がうたうべきものなの、であった時代は、もうかえってはこないのだろうか。

シベリアと妙好人《みようこうにん》

1

私の学生時代に、『シベリア物語』というソ連映画があった。ロシアがシベリアの再開発に力を入れていたころの、ソ連国策映画である。

崩壊以前のソ連は、「ソ同盟」と呼ばれて、戦後の進歩派の理想の楽土だった。いまから考えてみると、ひどく愚かしいように思われるが、一九五〇年代のころである。

戦時中、『ハワイ・マレー沖海戦』とか、『あの旗を撃て』とか、数々の国策映画があって、小学生時代は夢中になってスクリーンに観《み》いったものである。ふり返ってみれば、子どものころから大人になってまで、くり返しくり返し愚かしい歳月を過ごしてきたものだと思う。

話が横にそれたが、私がはじめてシベリアをこの目で見たのは、一九六五年の初夏だった。

ナホトカからイルクーツクまで鉄道でいき、イルクーツクからツポレフ機でモスクワへむかった。その乗りつぎの時間を利用して、インツーリストのガイドに無断で、飛行場の外へ出たのである。

白タクらしきオンボロ車の運転手に闇ドルを渡して、飛行場を離れたのだ。どこでもいいから、シベリアの土を自分の足で踏んでみたかったのである。

人の好さそうな白タクの運転手に、どこでもいいから見晴らしのいい所へ連れていってくれ、というと、まかせておけ、というように走りだした。小さな町を抜けて、しばらく野原を走り、小高い丘の上にでた。

「ここに来たかったんだろ」

と、運転手は車をとめて言う。どうやら墓地の入口のようだった。車を降りて人気《ひとけ》のない墓地へはいると、ロシア語と漢字の墓標が目についた。あたりにずらりと日本名を刻《ほ》った墓や、墓標が立っている。

その道ぞいに、ロシア人の老婦人が坐って、布をひろげた上に何か並べている。どうやらイコンを売っているらしい。

ソ連では宗教は禁じられていると勝手に思いこんでいたので、不思議な気がした。なにか十九世紀のロシアにタイムスリップしたような気がしたのだ。

どうやらシベリアに抑留された関東軍の兵士たちの墓らしい。そんな墓地が存在していると耳にしたことはない。墓地がきれいに掃除され、あちこちの墓の前に野の花がそなえてあるのにも驚かされた。その時ふと、学生のころ、何かの本で読んだエピソードが私の頭に浮かんだ。

もう半世紀ちかく前のことなので、この話は正確ではないと思う。

しかし学生時代の記憶の中で、いまも忘れずに生きているということは、それなりに当時の私の心に深く刻まれるものがあったからにちがいない。

それは、十九世紀の帝政ロシア時代の話である。知られているように、当時のロシアはツァー（皇帝）の専政の時代だった。社会の基盤をなしていたのは、農奴制である。

牛馬のように、あるいは品物のように、土地に付属した農奴たちは、売買され、相続され、質入れの担保となった。ゴーゴリの『死せる魂』は、この農奴制を大胆に嘲笑した作品である。

さらに十九世紀は、前近代的なロシアにも資本主義の波がおし寄せてくる時代だった。

多くの工場で農奴制をそのまま都市に移行したような労働状況が激増してくる。

そんな中で、反体制的な知識人グループがボウフラのように発生する。当初、ナロードニキと呼ばれた彼らは、のちにアナーキストと、おおざっぱにひとくくりされた。

ナロードニキとは、ナロード（民衆）と連帯しようという人びとである。「ヴ・ナロード」（民衆の中へ）というのが、その合言葉だった。素朴なヒューマニストと言ってもいい。

そんな進歩派に対して、体制側は遠慮のない弾圧をくり返す。逮捕され、獄に投ぜられたり、長期の刑を科せられたりする知識人たちや運動家たちは、数知れぬほどだった。

その多くは、シベリアに追放、流刑となった。当時のシベリアは、未開の極地である。帝都ペテルブルクでは、シベリア送りになる反抗者たちの馬車が、毎日のように見られたという。

その流刑者の馬車のあとには、ほとんどの場合、数人から十数人の一般人の行列が続いていた。護送される四人の家族や縁者たちである。彼らはシベリアで四人生活を送る夫や息子、仲間とともにその地へ移住し、なんらかの形で身ぢかに生活しようという人びとだった。

シベリアまでは、気の遠くなるほどの道のりである。護送する馬車のあとに続く家族たちを、ペテルブルクの市民たちは涙して見送ったという。もちろんそれは政治犯だけではない。重罪を科せられた一般の囚人も少なかったはずである。

私が何かの本で読んだ話では、それら流刑囚たちを一般市民がどう呼んだか、ということが語られていた。

もちろん極北の地である。町といっても小さな集落のようなものだろう。そこに収容所があり、囚人たちは強制労働に駆りだされる。シベリアに抑留された日本軍兵士たちと同じだ。森林を切り開いたり、道路を作ったり、建設工事や、その他のもろもろの労働にたずさわったにちがいない。

町の人びとは、それらの囚人たちに、きわめて同情的であったという。休日には食事を差入れたり、古い衣料を渡したりもした。そして地元の人びとは彼ら囚人たちを、囚人とか、徒刑者とか、犯罪人とかいった呼び方をしなかったそうである。

〈不幸な人びと〉

と、町民たちは呼ぶのがふつうだったらしい。その〈不幸な人びと〉というロシア語を、いまは忘れてしまっている。しかし、囚人たちに対してのまなざしの中に、どのような感情がひそんでいたかは察することができる。

ひどい時代だった。犯罪者にせよ、革命家にせよ、それは自分たちと無関係ではありえない。一歩あやまてば自分たちも、いつ、どのようにして囚人服を着るかわからない、という思いがそこにはあるのだろう。

もちろん地元には、流刑者とともにシベリアの果てまでつきそってきた家族たちもいたにちがいない。しかし、関係者だけでなく、一般の市民たちにとっても、それは他人《ひと》事《ごと》の光景ではなかったのではあるまいか。

2

〈不幸な人びと〉ということばを、私がふと思い出したのは、一冊の本を読んでいる途中だった。その本の巻末の対談を読んでいるうちに、半世紀ちかく昔のシベリアのことを思い出し、さらに十九世紀のエピソードへと連想がつながったのである。

『妙好人《みようこうにん》の真実』（佐々木正著／春秋社）というのが、その本である。

「妙好人」というのは、あまりききなれないことばかもしれない。「妙好人」とは、在地の素朴な篤信者の中で、一種独特の境地に達した念仏者のことをいう。

鈴木《すずき》大拙《だいせつ》や、柳《やなぎ》宗悦《むねよし》などによって紹介され、世に知られるようになった在俗の人びとである。江戸時代以降、ほとんど「無学文盲」と称された人びとの中に、高僧よりもはるかに深い信心の人びとがいた。これはそれらの人びとに関する本である。

『妙好人の真実』には、そのような在俗の念仏者の行跡が、淡々と語られている。たぶんキリスト教文化の中に、ごくまれに見出せる自己犠牲のエピソードにも、共通なものがあるのかもしれない。

しかし、わが国の妙好人の行動には、現代人の常識をはるかに超えた部分があって、そこが感動的でもあり、また同時に理解しがたいところでもある。

正直いって、私には畏敬の念を感じてため息をつくしかないのだ。あくなき知の探求と修行のはてに到達することのできる世界は、それほど驚くべきことではない。一文不《いちもんふ》知《ち》の地方の庶民の中から、花が開くように自然に悟りの境地に行った人びとが、現実にいたということが奇蹟のように感じられるのである。

この本の巻末に「補遺」として加えられている〈対話篇〉は、そんな「妙好人」と読者の間に通路をつけようという意図から書かれたものであるが、私にはこの一巻の中でもことに興味ぶかく読んだ部分だった。

その中に妙好人の願船という人物が、囚人を見て拝んだというエピソードが紹介されている。

また源左という妙好人も、「監獄の人を見ると、手を合わせて拝む」と言ったという。「あの人たちはわたしの身代りになってくれている」というのが、両者に共通した思いであったらしい。

それは親鸞のことば、「わがこころのよくて殺さぬにはあらず」という人間観と、まっすぐにつながっている信念ではないだろうか。『歎異抄』の十三章にでてくる、「さるべき業縁のもよおさば、いかなるふるまいをもすべし」のことばは、さまざまな解説や論評を超えて私たちの胸に無条件で伝わってくる思想である。

私たちは時代の中で生きる人間である。そして世間の一部として暮している。『方丈記』を書いた鴨長明《かものちょうめい》でも、山中の住家で賊におそわれたらどう対しただろう。

十九世紀のシベリアの徒刑囚たちを、在地の人びとが「罪人」とは呼ばずに、「不幸な人びと」と呼んだという話を私が忘れることができないのは、囚人を拝んだという妙好人の心と共通のものが、シベリアのロシア正教の信徒の間にひろく根づいていたと感老いも若きも、男も女も、声をあわせて和讃をうたう。その合唱の中に、いきいきとよみがえる本来の仏教をきく。

私たち日本人は、戦争の時代に論理によって忠君愛国の精神を鼓舞されたのではない。明治以来、数々の愛国歌によって滅私奉公の心をつちかわれたのだ。

中国の寺の門前で、なにやら口ずさみながら逍遥《しょうよう》している若い修行僧をみかけたことがある。鼻歌でもうたっているのかと思っていたのだが、後でそれが唱導《しょうどう》歌《か》とよばれる大事な歌だと教えられた。

修行といえば荒行ばかりを連想するが、そうではない。歌をうたいながら歩き回るのも、大事な修行なのである。

歌と、詩と、音楽との三つを忘れた仏教は、正しい仏教ではない。文字に書かれた文章は、うたうことばを伝えるための道具である。

経はあげてもらうものではない。声にだして全員がうたうべきものなのだ。仏教が歌であった時代は、もうかえってはこないのだろうか。

仏教は本来、神秘的なものではない。人間が考えた、人間の生活のための智恵であるから、合理的な方法論である。

そしてブッダの教えは、声にだして口でうたうことから人びとに伝えられた。そこでは何よりもうたうことが土台だった。

そもそも仏教は、形式化したバラモンの教えに対する反抗から出発している。キリスト教がユダヤ教への批判であったように。

仏教はまず選民階級と賤民とを、平等に攪拌《かくはん》するところからはじまる。どこをどう押しても、差別戒名などの発生する要素はない。

経は坊さんにあげてもらうものではない。意味を理解できることばで、耳に心地よく、うたって歓びをおぼえるリズムでできている。

漢訳の経典があるのならば、当然、和訳のお経がなくてはならない。

故・福永光司《ふくながみつじ》さんは、

「『教行信証』は親鸞の読書ノートです」

と、言っておられた。親鸞のすばらしいところは、晩年に数多くの和讃を書いたことである。ここで親鸞はブッダの仏教の正道に立ちもどったのだ。

じたからかもしれない。

「不幸な人びと」と呼ばれたそれらの人びとの中に、ドストエフスキーもいたのである。ドストエフスキーがシベリアに送られたのは、一八四九年である。そして一八五八年、ペテルブルクにもどるまで、シベリアで過ごした。

この「不幸」ということばに、当時のロシア人の感覚と、「妙好人」の心情に通底するものがあるといえば、飛躍しすぎだろうか。

その人の心が善《よ》いから犯罪にかかわらずにすむ、とは誰も考えない。或る状況の中に放りこまれたとき、人は思いもよらぬ行動に追いこまれる。

シベリアに囚人として送りこまれてきた人びとは、不運であり、不幸であり、自分たちと別世界の人間などではない、とシベリアの民衆は感じたのだろう。

佐々木正氏の『妙好人の真実』におさめられた〈対話篇〉は、私にさまざまなことを考えさせることとなった。

さらに私がいまでも釈然としない「業《ごう》」についても、〈対話〉の中では、はっきりと語られている。どうにもならない「業」とは、過去の関係性であり、それと未来とをごっちゃにしてはいけない、というのだ。

世の中には黒か白かといった判然とした善悪などありえない、人間は可変的な揺れ動く存在である、と考える親鸞のまなざしは、まことに現代的な思想である。ドストエフスキーは、そのことをシベリアでの体験の中から身に徹して学んだのではあるまいか。『白痴』の中に出てくるムイシキンは、ある意味で十九世紀ロシアの「妙好人」のような気さえしてくるのだ。

「妙好人」について、私はまだわからない部分が多くある、と書いた。いまでもそうだ。しかし、わかる、わからない、ではなく、その存在に対してことばにならない驚きの念をおぼえるのは事実である。

「業」についても、そうである。おそらく生涯、理解することなど不可能かもしれない。しかし、理解を超える何かが存在することもまた事実である。

私たちはただ活字からそれを体感するわけではない。

「悪」という問題にしてもそうだ。おそらくそれが何なのか、理路整然と語ることなど決してできないだろう。

そのできないことの彼岸に「妙好人」は存在する。そんなことを考えさせられた一冊だった。

天寿を知るということ

1

自分がいつまで生きているか。

自分がいつ死ぬのか。

それを知りたいと思わない人はいないだろう。

平均寿命というものがある。統計的には最近、人の存命時間は、おびただしくのびた。男性で七十代後半、女性で八十代半ば、というのが日本人の平均寿命であるらしい。

明治、大正期とくらべればもちろん、驚くほど私たちは長く生きるようになった。

しかし、実際の人生は一寸先は闇である。明日のことは、だれにもわからない。

平均寿命と個人の存命年月は、あまり関係がない。実際には、今日とも知れず、明日とも知れぬのが私たちの命である。

もし、ここで自分があとどれくらい生きるかがわかれば、こんなにありがたいことはない。

親鸞が言っているように、そうときまれば、「名ごり惜しくは候へども」、この世と別れる準備をする必要がある。

一度は会っておきたい人もいる。

片づけておかねばならぬ仕事もある。

後事を托《たく》する人も探さねばならない。

そんなことより、もっと急がねばならないのは、部屋の整理だろう。

手紙類をシュレッダーにかける。不要な本を売りはらう。捨てるべきものが山ほどあって、その選択に悩むはずだ。

それよりも何よりも、自分の一生を静かにふり返って、一応の納得をしなければならない。

「見るべきものは、すでに見つ」と、堂々と言いきれる人は幸せだ。

もし、あと三年でこの世を去るとはっきりわかったならば、突然、人生や世の中がこれまでとちがって見えてくるはずだ。

午後の日ざし、葉をゆらす風、人びとのざわめき、指先の感触、一分一秒の時間の流れ。

それらのすべてが、くっきりと、深く体に感じられるのではあるまいか。

しかし、私たちは自分の残り時間を知ることができない。いつまで生き、いつ死ぬかをはっきりと確認することも不可能である。

人は老い、やがて病み、そしてかならず死ぬ。

それはわかっている。人間はオギャアと生まれた瞬間から、すでに「死」のキャリアなのだ。ＨＩＶはときに発症せずにすむこともあるそうだが、「死」は一〇〇パーセント発症する。

しかし、それがいつなのか、そこが知りたいというのは、欲が深すぎるだろうか。

人の命はかぎられている。

そのことは誰もが知っている。知っていながら、無意識のうちに知らないふりをして生きている。

それは、誰もがそうだ。

人はある期限をへてこの世を去るとはっきり知っていながら、日常の生活の中では、それを忘れて暮すことが約束だからだろう。

もし、小学生が教室の窓辺にもたれて、憂い顔で頬杖《ほおづえ》をつき、「あーあ」と大きなため息などをついていたら、先生は心配するだろう。

「Ｋくん、いったいどうしたの？」

「なんでもないです。ただ校庭のイチョウの木の葉が散るのを見ていると、ふと人間の命も同じようなもんなんだな、と――」

こんなシーンは想像しただけでふつうではない。お笑いの対象となるくらいがおちだろう。

しかし、本当は子どもでも、赤ん坊でも、体はその寿命を知っているのではないか。耐用期限は、わかっているのではないか。

人間の肉体も物質である。熱力学の法則、すなわちエントロピーから自由ではない。鉄でも錆《さ》びていくように、人間の体も酸化する。

老いも、病気も、結局はそういうことだろう。

医学も、養生も、それを幾分かカバーするだけだ。人は最後はかならず死ぬ。

問題は、それがいつか、ということだ。

2

私の周囲で早く世を去った先輩、知人、友人の顔を、ふと思いだすことがある。

それらの人びとに共通したものをさがしてみたが無理だった。

ある友人は、無頼派作家を憧れて、無茶のかぎりをつくしながらピンピンしている。

ある先輩は、細心の注意をはらって日常生活を律し、養生を怠らなかった。コーヒー、紅茶のたぐいは一切口にせず、もちろんタバコや酒はやらない。夜は早く床に入り、朝は早く起きてラジオ体操のあとウォーキングを欠かさなかった。

しかし、その人も残念なことに早く逝った。

一世を風靡《ふうび》した養生法の大家、野口晴哉も、決して長命ではなかったと思う。

私は野口式といわれる整体や操体思想に、以前からつよい関心を抱いていた。

それは単なる健康法の域を超えて、思想、宗教などの核心に触れているような気がするからである。

それほど質の高い健康法の実践家であれば、親鸞なみの長命を保ててもいいと考えるのが、素人の浅はかさだろう。

ある野口式整体の古くからの直弟子《じきでし》のかたに、ぶしつけにそのことをたずねてみたことがある。

すると、その人はこう言った。

「野口先生は、幼いころから体質が虚弱で、この子は成人するまで保《も》たないだろうといわれていたそうです。少年の頃に死んでもおかしくない体の状態だったという。しかし、野口式を実践することで、天寿を超えて生き、世の中に大きな仕事を残された。晩年も、お体が弱っておられても、求める病人がいれば無理をして駆けつけ、心魂をこめて治療されました。病める人のためなら、と、非常な無理を重ねられたのです。もし、先生が野口式を実践されていなかったなら、十代で早世《そうせい》されていたでしょう。あそこまで生きて活躍なさったのは、天寿を超えての生き方だったと思います」

私は深くうなずくところがあった。

もし、人に天寿というものがあるとすれば、その時間、人は生きる。自然に生きている限り天寿をまっとうできるはずだ。

しかし、そのあたえられた天寿をきちんと生きることはむずかしい。勝手な生き方で天寿をまっとうすることができないのである。

天寿を生ききること、それも人間のなすべき大事なことなのかもしれない。

3

「天寿ってものが本当にあるのなら、ぜひ知りたいもんだな」

と、友人の一人が言う。

「どうしてだい。自分の寿命がもし短かったら、不安になるんじゃないのかい」

そう言うと、彼は首をふって、

「そんなことより、将来の経済的なことのほうが不安なんだよ。日本のお年寄りは、平均二千万円以上の貯金をのこして死ぬと聞いた。たぶん事実だと思う。そこで、子孫のために美田を残さず、じゃないが、自分の人生はすべてきちんと使い切って死にたい。これまで欲しいものも我慢して買わずにやってきたんだからな。ふつうは八十歳をメドに将来の生活設計をするだろ。しかし、七十歳で死んだら大損だ。また、おれの知人は、八十歳でちょうど貯金を使い終わるような計画で生きてきたら、八十になってもまだピンピンしてる。この調子じゃあと十年は生きるんじゃないかと医者に言われて、大あわてさ。なにしろ八十歳でゼロになるような財政計画でやってきたんだから。どっちにしても、自分の天寿ってもんがわかるのなら、ぜひ知りたいと思うね」

なるほど。

八十歳で生涯が終る予定で暮してきて、九十歳以上生きたら、たちどころにホームレス状態にもおちいらざるをえない。

いずれにせよ、自分の天寿がもしわかるものなら、誰しもぜひ知りたいと思うだろう。

スコットランドの笑話のひとつに、こういうのがある。

あるゴルフ狂がいて、将来の心配といえば天国にいってゴルフがやれるかどうかということだけ。

そこで教会にいって、たずねた。

「あの、天国にもゴルフ場があるんでしょうか」

すると、教会の人は、

「では、ちょっと神さまにきいてきますから待っててください」

やがて帰ってきた教会の人は、ニッコリ笑って、

「ご心配ご無用です。ちゃーんとゴルフ場はありましたよ。しかも、来週の土曜日に、あなたのお名前でプレイする予約がはいっていました。確認しましたから、ご心配なく」

4

げに気になるのは、自分の天寿である。
釈迦　八十歳。
法然　八十歳。

親鸞　九十歳。
蓮如　八十五歳。
このあたりは、その時代を考えれば奇蹟にちかい長命といえるだろう。ことに古代インドでの八十歳というのは、すごい。
あの時代、ろくな栄養もとらず、薬も発達しておらず、雨期にはかならず伝染病がはやる世の中で、八十歳の長命を保ったということは、それだけで偉人である。
親鸞の九十歳も見事なものだ。彼のすごさは、晩年に数々の著作や書簡を通じて、鋭利な思想を展開した点にもある。
蓮如の八十五歳は、さして驚かないが、彼は八十四歳で子どもを作ったという。もし本当だとすれば、脱帽するしかない。
道元　五十三歳。
日蓮　六十歳。
一遍　五十歳。
この偉大な宗教家たちは、それぞれあたえられた天寿をまっとうした、と考えていいだろう。空海も決して長命ではなかった。

こうしてふり返ってみると、長く生きることも、惜しまれつつ世を去ることも、それぞれに自然なように思われてならない。

もし人に天寿というものが、それぞれにあるとすれば、それを十分に生ききることが大事だと言えるだろう。

養生につとめて早く世を去る人もいる。

乱暴に生きて、それで長命を保つ人もいる。

ふり返ってみると、

「善キ者ハ逝ク」

ということばが、ふと頭に浮かんでくる。

「善キ者ハ逝ク」

私の実弟は、欠点は数々あっただろうが、気持ちのやさしい男だった。私が生き残って、弟が早く世を去ったのは、理由があるような気がしてならない。

私の父は早く死んだ。母はもっと早く逝った。

両方とも敗戦と引揚げの傷をお負い、天寿をまっとうできなかった人間である。平和な時代だったなら、もう十年か二十年は長く生きたにちがいない。

しかし、それもまた天寿というべきだろうか。

人には天寿というものがあるのではないか、と考えるようになったのは、かなり以前からだった。

それは、周囲にあまりにも納得のいかない死が多かったからだ。

昔から「悪因悪果　善因善果」などという。善い生き方をしている人間に、長寿があたえられていいはずなのに、なぜか強欲で非道な連中が長生きしたりする例が少くないのだ。むしろ人にも好かれ、自分でも良心的に生きている人間が非運にみまわれ、早く世を去る例は多々ある。

最近、報道された殺人事件などもそうだった。被害者の娘さんは、母子家庭でさびしい条件の中を立派に生きていたようだ。そんな女性が、数人の男たちに帰宅途中をおそわれ、ことばにもつくせない悲惨な死をとげている。

このようなニュースに接すると、どんなに浄土や天国で幸せに暮していようと、それよりも殺されずに生きていたほうがどれほどよかったことだろうと思わずにはいられない。

この世の中のことは、冷静に考えると、やはり不条理であり、納得のいかないことばかりである。

どんなに発想を転換しても、どんなに毎日を感謝の気持ちで送ろうとしても、やはり表面にあらわれている現実は、不条理であることに変りはない。

だからこそ、聖徳太子のことばとして伝えられている、

「世間虚仮《せけんこけ》　唯仏是真《ゆいぶつぜしん》」

ということの重さがしみじみ伝わってくるのだろう。

唯仏、というのは、この世の現実ではなく、理想世界、宗教的な精神世界のことだ。浄土とか、悟りの境地とか、いろいろ言われるが、要するにそれはユートピアと同じ意味をもつ。

トーマス・モアの『ユートピア』は、語源はギリシャ語だったはずである。理想と正義が実現する夢の国、というふうに受けとられがちだが、ギリシャ語の語源のほうには、もうひとつ、「実際には存在しえない場所」という第二の意味がひかえているという。ダブルミーニングの「ユートピア」を、私たちは切実な気持ちで憧れつつ、諦《あきら》めるのである。

そんな中で、おのれの天寿をどう感じることができるかに、興味はつきない。

5

このところ「死」ということばに対する人びとのアレルギーが少くなってきたような気がする。

それは「死」に対する心構えが定まってきた、ということではあるまい。ひとことで言えば、「死」が軽くなってきたことのあらわれではあるまいか。

十年連続三万数千人の自殺者は、その氷山の一角にすぎないだろう。硫化水素による自殺が、前年比三十六倍という驚くべき数字にあがっても、それほどのショックはない。

要するに私たちが「死」に対して、鈍感になってきただけのことではあるまいか。「死」は、これまで人生のもっとも重い事実だった。しかし、いまはちがう。自分の命に対しても、他人の命に対しても、すこぶるカジュアルに受けとめられている。この「カジュアル化」現象こそは、大きな問題なのではないか。

昨日も電車のホームで見知らぬ婦人をつき落とした若者がいた。

「死にたかった。死刑になりたいと思った」

と、供述しているという。

死にたいのなら、自分で線路にとびこめばいいじゃないか、とテレビを見ていただれもが同じようなことを言っていた。

「死刑になりたい」という発言は、これまでにもしばしばあったような気がする。死ぬときまでも、自分で責任を負おうとしないのが、現代というものだ。それでいて、見ず知らずの相手を道づれにしようとする。

「なぜ人を殺してはいけないのか？」

という、かつて子どもたちからつきつけられた問いに、まだ社会はちゃんと答えてはいない。

「人の命は尊いものだから」というようなきまり文句で、その問いが満足させられるわけがない。

私たちは殺人を憎む。それをおそれる。

しかし、それでいながら、書店で売れている物語の大部分は殺人をテーマにしたものである。

なぜこうも殺人事件が人びとのもっとも好むストーリーのひとつなのだろうか。命のカジュアル化が、「死」をもエンターテインメントとして消化していく現状を、どう考えればいいのだろう。

よく末期ガンの患者さんの家族にむかって、医師が、

「余命五カ月ぐらいでしょう」

などと告知することがあった。

いまでは、ずいぶん変っているらしい。本人に告知することが多くなっている。

しかし、実際に医学の立場から人の余命を知ることなど、本当はできないことだと私は思ってきた。いまでもそう思う。「余命」ということばじたいも使われなくなってきているようだ。

この世界のことは、不可知にみちている。私たちは近代の科学の歴史の中で、合理的な思考が正しいと思うように育てられてきた。

しかし、科学は宇宙の大半を知りつくしたとしても、銀河系、太陽系などを含むひとつの宇宙に肉薄したにすぎないのではないか。

私たちがいま宇宙と呼んでいる無限大の空間と時間が、じつは複数存在するとしたらどうなるのか。

仏教には阿弥陀仏という仏がいる。浄土系の仏教では、第一の仏とされている。

このアミダ仏の「アミダ」とは、「アミターユス」「アミターバ」という古代インド語からきていると教えられる。

「アミターユス」「アミターバ」は、ともに「無量寿」「無量光」と訳される。

「無量」とは「無限」の意味だ。

「ア」は、サンスクリットの不定詞。

「ミター」は、数量、計ること、知ること、などの意味らしい。

「ア・ミターユス」は、「計ることのできない無限の時間」であり、それはいわば宇宙的空間と時間をあらわすシンボルであるともいえるだろう。

宇宙にも天寿はあるのだ。

6

すべての人は死ぬ。しかし、若いあいだは、そのことが現実味をおびて考えられない。

「死」といっても、なんとなく自分には関係がないような気がしている。頭では理解していても、それほど身近なこととは思えない。

最近、そのことがさらに進んできているようだ。それは「目に見える死」が、きわめて少なくなってきたことに原因があるのではないか。

私たちの子どものころは、人は家庭で死ぬものだった。親族や友人、知人が枕元に集まり、すすり泣きのもれる中で死が訪れた。

私も母の死に水をとった記憶がある。さらに死後、タライに湯を張って死者の体を清めることもした。

湯の中にひたされ、光の屈折のせいで、母の体は折れ曲ったように、いっそう小さく見えたものだった。

そんなセレモニーを体験すると、死が現実味をおびてくる。しかも、年ごとに誰かが亡くなっていく。

いまは人は九〇パーセントちかく病院で死を迎えるという。

死後の処理も、子どもたちをまじえずに業者がテキパキすすめてくれる。

若い人たちだけでなく、私たち高齢者までが「死」に対して距離感をおぼえるようになってきた。

いわゆる平均寿命からすると、あと四、五年の残り時間しかないはずなのに、なかなか「死」を実感できない。

あと三ヵ月の命、と、はっきり自分の寿命を知ることができたら、どれほど楽だろうと思う。

しかし、人に天寿はあっても、それを知ることは不可能だ。今日一日、明日一日、とそれを覚悟して生きるしかないのだろう。

老少不定、などという。一寸先は闇、と言いながら、実際には私たちは明日がいつまでも続きそうな錯覚の中で生きているのだ。

おのれの天寿を少しでも現実のものとして感じることも、人間の生きる意味のひとつかもしれない。

などと考えながら、今日も生きている。

「死」の新しい意味

1

私が『生きるヒント』という本を出したのは、一九九三年（平成五年）の春だった。六十歳前後のことである。

もともとは婦人雑誌に連載したエッセイを、一冊にまとめたものだ。

これが意外な話題をよび、単行本も版を重ねた。雑誌の連載のほうもその後何年も続き、結局、全五巻のシリーズとして出版された。文庫にもなり、ダイジェスト版も出た。

「なになにのヒント」というたぐいの本が、数多く書店に並んだのもそのころのことだ。当時はちょっとした流行の観を呈したものである。

もともとは小林秀雄の『考えるヒント』というタイトルにヒントをえた題名だった。

しかし、私の「考え」では、「ヒント」よりも、むしろ「生きる」という主題に関心があったのだ。

わが国では、生と死をめぐる考え方を「死生観」という。「死」が「生」より先にきている。

私は少年時代に外地で敗戦をむかえて、多くの死に直面してきた。両親も早く死に、兄弟も早世している。死はいつも私の視線にかかっているフィルターだった。そんな私が、蛇が脱皮するように、木々が枯葉をふり落すように、「死」の呪縛《じゅばく》をぬぎすてて、生きることを先決問題として考えようと試みたのが『生きるヒント』というシリーズである。

「生きる」ということばは、当時の時代の主旋律であったといってもいいだろう。

それから二十年が過ぎた。

ふと気づくと、いま私たちの周囲には、「生」という文字よりも、「死」ということばがあふれ返っている。死をめぐるニュースが報道されない日は、一日としてない。三万人を超えていた自殺者の数が、十五年ぶりに下回ったという話題も大きく報じられた。自殺者が少し減っただけで騒がれる時代になったのだ。

書店の店頭には、「死」をテーマにした新書や単行本があふれている。注意してみると、題名は異なっても「死」を扱った著作は、驚くほど多い。これはどういうことだろう。

もちろん、これまでも「死」を論じた書物は少くない。少くないどころか実際には、ほとんどいまと変らぬ数の関係書が刊行されているはずだ。数年前に書店で手にとった故・池田晶子著作集の「死」をめぐる巻も記憶にのこっている一冊だ。

私自身も、二〇〇〇年の夏、文藝春秋から『うらやましい死にかた』という本を編んでいる。

最近、急に「死」をめぐる論議が活発になったわけではなく、それらが強い光をあびて、私たちの目にクローズアップされたということだろう。

知ったかぶりにきこえることを承知でいうなら、西欧ではルネサンス以来、死はつねに生の背後におかれていた。「死」は敗北であり、「生」は輝かしい勝利だった。しかし、ちょうど同じころ、わが国では「死」をケガレとして恐れない思想が生まれていた。「死」を浄土への旅立ちと受けとめる新しい仏教の思想である。しかし、その考え方は、やがて光を失っていく。

いま私たちは「生」と「死」の価値を、圧倒的に「生」の側からだけ眺めている。近代医学は無条件に「生」を守るものだったし、ヒューマニズムの思想もまたそうだった。

しかし、芝居は幕がおりるときに真価が問われるはずだ。

「育っていくこと」と、「老いていく」ことを同じように大切にすると同時に、「死」もまた「生」を否定する不吉なものとだけ考えないほうがいいのではないか。

人権とは人間の条件である。人はそれぞれ生きる権利をもつと同時に、より良く人生を終える権利をもっているはずだ。

武士の誇りのために死ぬ時代もあった。国家のために命をささげる時代もあった。

しかし、人は何かのために死ぬのではない。自分の「生」を完結させるために、より良き死を求めるのがいまなのである。

「孤独死」ということばが、悲惨なもののように語られた時期があった。それを「孤立死」と言い替えたところで、ほとんど意味がない。「死」そのものを悪と見なす視点に立つ限り、人間はつねに孤独な存在なのだ。

「死」ということばから、目をそむける感覚から自由にならなければならない。「死」を不吉なものとしてなるべく直視しないようにする慣習から脱出しなければならない。

「死」を哲学として論じた人は少くない。しかし、現在、私たちが直面しているのは、戦場での「死」よりも、はるかに無意味で悲惨な「死」の現場である。

高齢化時代とは、とりもなおさず多数の死と日常的に直面する時代である。「死」を人生の敗北と見なす感覚から、私たちは出発しなければならない。

そこを離れて、明朗な再出発の思想を確立しなければならない。

より良き「死」をなしとげた人びとを、拍手で送り、尊敬のまなざしで見ることを学ばなければならない。

そんな時代に私たちはいま、生きているのである。

「死」は、縁起でもないこと、として、これまで目をそらす対象だった。

「四」という数字を嫌う人も少くない。「四」は「シ」に通じるという連想なのだろう。

死後の世界を「ヨミノクニ」として、暗い地底の冥界《めいかい》のように感じる感覚は、日本人の中に古くからあって、いまも残っている。

そこでは死体は腐り、ウジムシがわき、悪臭がたちこめている。想像しただけでも気味の悪い世界である。

「三途《さんず》の川」という風景もわびしい。恐山の石積みの前で、ビニールの風車がカラカラ鳴っている風景にも心が冷える。

しかし、一方に「浄土」というイメージもあった。問題はその「浄土」の光景が目に浮かぶように鮮明でないことだ。古い浄土図は現代人にとってまったく魅力を感じさせない陳腐な絵柄でしかない。

問題は「死後」ではなく、「死」そのものの社会的、生理的条件だろう。延命治療の果てに、もがき苦しみつつ息絶える現実は、なんとしても変えなければならない。いま誰しもがそれを感じているのではないか。

2

「死」を不吉なもの、忌むべきものと考えてきた歴史は長い。中世では「死」と「病」とを、ケガレ（穢）として恐れていた。道の途中で葬列に出会った場合は、家に蟄居《ちっきょ》してケガレが薄らぐのをひたすら待つ。

「病」と「死」とは、一体である。だからこそ中世で医師は、賤視《せんし》される立場にあった。「死」と「病」に直接かかわる職業だったからである。

現代においては「お医者さま」として尊敬され、社会的地位も格別に高いドクターが賤視された時代があったといえば人は驚くだろう。しかし実際にそのような歴史が存在したのだ。

農にたずさわる人びと以外の非定住の民、技をもって生きる者たちは、すべて良民の枠からはみ出た者として扱われていた時代である。

都の商家や、身分のある家では、使用人が重い病にかかると、家から運びだし鴨の河原に捨てた。枕元に水や食物を置くこともあっただろうが、要するに死を家から出すことを極度に恐れたのである。

南都北嶺、すなわち奈良の興福寺や比叡山などの寺々でも、ふつうの葬式は行わなかった。現在でも法隆寺などは学問寺として弔《とむら》いはしない。

当時、死者を弔ったのは、もっぱらヒジリ（聖）と呼ばれる私度僧《しどそう》である。私度僧とは濫僧ともいい、正式に官から任命された僧ではなく、要するに勝手に僧の格好をした、野のヒジリ（聖）のことである。古代から中世にかけては、僧侶は公務員だったのだ。「死」をケガレとして避けない聖たちも中にはいた。念仏の僧、浄土宗系の坊主は、むしろ積極的に死者に対する供養をつとめた。『方丈記』に出てくる律宗の僧もそうだった。京都に死者があふれ返ったとき、行き倒れた人びとの額に梵語《ぼんご》をしるして供養した数、数万人にのぼると書かれている。

いま私たちは少子高齢化の時代に、いやおうなしに直面している。長寿者も増えるだろうが、それ以上に死者の数は激増するにちがいない。「死」をケガレとみる限り、この現実世界は不安と恐怖の坩堝《るつぼ》となる。

私たちは、これからは「死」に対する大きな価値転換を迫られるだろう。「死」は人が引きずりこまれる敗北としての最後ではない。新しい世界への旅立ちとして、また人生のみのりあるフィナーレとしての「死」をこそ思うべきときがきたのではないか。

3

去年、今年と、さまざまな人の死を見送った。これからはさらに増え続けることだろう。伝染病の流行とか、戦争とか、大災害とかによる大量死ではない。高齢化社会の自然な成りゆきとして、そうならざるをえないのである。

「死」がカジュアルになったことを嘆く声も少くない。通夜や盛大な葬式が少くなってきて、家族だけの密葬がふえてきた。その人が世を去ってしばらくして、逝去の知らせをうけることも最近は多い。

病院で最後を迎え、そのまま火葬場に送られるケースも、次第に増えつつあるようだ。

家族が多い場合は、自宅で死ぬこともできるだろう。しかし、時代はすでにどうしようもなく孤立した生活の様相を呈している。

私はそれも悪くないのではないかと思ったりする。なにも孫や息子夫婦や親戚に見送られて死んでいく必要もないだろう。死後、周囲の迷惑にならないようにふだんから準備をしておけばすむことだ。

それを孤独死とか、孤立死とか、ことさら悲劇的な扱い方をするのはまちがいではないだろうか。

先日、NHKのテレビ番組で、九十歳を過ぎた老人と介護者との会話の場面を見た。もし、生死が危ぶまれるようなきわどい局面になったとき、本人が延命措置を望むか望まないかの意志確認のシーンだった。

私は当然、九十歳を過ぎた老人が、

「延命措置はいらない」

と答えると思っていたのだが、実際にはそうではなかった。

「やっぱり生きられるあいだは生かして欲しい」

という意味のことばが、その老人の口からもれるのをきいたとき、なんともいえない気持ちになった。

『歎異抄《たんにしょう》』の中で親鸞も言っているように、人間の生存欲というものは、どうしようもなく強く激しい。九十歳を超えたらもう十分ではないか、というのは第三者の見方だろう。仏教でいう「苦」とは、そのような人間の業《ごう》を言うのかもしれない。

しかし、それを承知で、あらためて「死」を親しいものとして見直すことが求められている。そのためにこそ、私たちは「死」をオープンに論じ合う必要があるのである。

命あり　立松和平

1

エッセイ原稿のゲラ直しをしていると、電話があった。

「立松和平さんが亡くなりました」

「――」

「これは内々の話なので、外部へは――」

「わかった」

先日、坪田譲治文学賞の選考会のとき、めずらしく立松さんが欠席したので、妙に気になっていたのだ。いつもディパック片手に、アノラック姿で、忽然《こつぜん》とあらわれる立松さんである。

「知床《しれとこ》へ行った帰りです」

とか、

「山に登ってきました」

などと、飄《ひょう》々と、しかもごく自然に登場する彼が、そのとき向かいの席にいないのが、なぜかじつに空虚な感じがしたのである。

立松さんと知り合ったのは、一九六六年だろう。まだ早稲田の学生だった彼は、私たちの間では、「ワッペイ」とか、「ワッペイちゃん」などと呼ばれていた。当時、彼は「早稲田文学」という雑誌の編集を手伝っていたはずだ。

私たち、というのは、「石の会」という、新人作家のグループである。有馬頼義《ありまよりちか》というう面倒見のいい先輩作家がいらして、若い連中の集まる場として自宅を提供してくれていたのだ。

私が三十三歳のときである。

阿佐田哲也（色川武大）、高井有一、後藤明生、岡田睦、佃實夫、北原亞以子、渡辺淳一など、いろんな新人がいた。ときに三浦哲郎さんなども、顔を見せることがあった。

私は金沢に住んで時たま上京する暮しなので、あまり出席率のいいほうではなく、たまたま阿佐田さんと顔を合わせると、帰りに麻雀の卓を囲んだりしたものである。

いちばん若い立松さんは、その会のメンバーというより、「早稲田文学」の編集長を引き受けていた有馬さんの仕事を手伝っている学生さん、といった感じだった。『途方にくれて』という作品で登場した立松さんは、七〇年代にいったん宇都宮へ帰郷した。

そのころ、彼から長文の手紙をもらったことがあった。手もとにないので正確ではないけれども、まさに「途方にくれて」いる感じの手紙だったように思う。

このまま宇都宮で役所勤めを続けるべきか、それとも再び上京して筆一本の生活に賭けるか、迷っているのでアドバイスが欲しい、という内容だった。私がそのとき、どういう返事をしたのか、それともしなかったのか、はっきりした記憶は残っていない。

新聞に出ている立松さんの略歴では、一九四七年十二月十五日生まれとなっている。とすると、私より十五歳若いわけだ。

立松さんは早熟の作家だったと言っていい。私が新人賞を受けた歳と同じ年齢には、彼はすでに『遠雷』を発表し、映画化もされ、賞ももらっている。

しかし、立松和平の名が世間に広く知られたのは、やはり当時の人気番組「ニュースステーション」に登場してからだろう。「歩く作家」「感動する作家」として、立松和平のレポートは一時代を画したものだった。

私たちの記憶に残っているのは、彼の栃木弁のナレーションである。物真似をする芸人もいたくらいだからすごい。

かつて寺山修司の青森弁、立松和平の栃木弁、それに私の九州弁を称して方言作家三人組、と呼ばれたことがあった。私の九州弁は、最近やや崩れてはきたものの、二、三十年前は寺山、立松にひけをとらないくらいのものだったらしい。

その寺山修司も、すでに伝説の人である。こんど立松さんが去って、三人組も消滅した。

坪田譲治文学賞のとき、

「立松さん、どうしたの？」

と、主催者にたずねると、心臓の具合が良くなくて入院され、今回は欠席です、と言われた。それでも推す作品の題名だけは、ちゃんと伝えられていた。

選考会の席での立松さんは、あまり多弁ではない。しかし、彼がいないとなにか気が抜けたような感じで、席が盛りあがらないのである。

ちょうど昨年から引き続き、彼と連続対談をやっていた。『親鸞と道元』という対話集をつくろうとしていたのだ。その話の途中で、彼が教えてくれた道元のことばの中に、こういうのがあった。不正確かもしれないが、思い出したので書いておく。

「かくの如く生滅する人身なり。いとおしむとも止まらじ。おしんで止まる人いまだなし」

2

作家としての立松和平の出発は早い。早熟の人、と前に書いたのも、そのせいである。しかし、その半面、若い時から人づきあいにおいては老成した雰囲気もあった。彼が在学中に書いた『自転車』という小説は、当時の早稲田文学新人賞を受けている。しかし、作家として筆一本で生きていくことは至難のわざだ。郷里の宇都宮で市役所の職員として過ごした日々は、立松さんにとってはすこぶる鬱屈《うっくつ》した季節であったにちがいない。

いつだったか宇都宮へいったことがあった。市役所の近くの並木の通りがとても綺麗《きれい》だったので、立松さんに会ったときにそう言ったら、

「いやあ、働いていたころはそんなこととなんか感じたことなかったなあ」

と、首をかしげて言った。

この何十年か、立松さんはよく寺に修行にいっていた。奈良の法隆寺が多かったが、

永平寺などにも通っていたらしい。のちにそんな体験が『道元の月』や小説『道元禅師』などの作品となって世に送られることとなる。

記憶に残っている作品は、無数にある。だが印象がつよいのは、やはり初期の『途方にくれて』、そして『遠雷』、『毒―風聞・田中正造』、『道元禅師』などだろうか。

私個人としては、坪田譲治賞を受けた『卵洗い』も好きな作品の一つである。

先ごろ、勉誠出版から『立松和平全小説』（全三十巻）という、壮大な企画がスタートした。私も立松さんに頼まれて、パンフレット用の短い文章を寄せた。

先日、その第一巻が送られてきた。

三十巻のラインナップを眺めわたすと、立松和平という作家が四十年にわたって書き続けてきた足跡がはっきりと見えてくる。

立松さんはいつも仕事をしていた、という思い出を語っていた人がいたが、行動の人であるとともに、やはり彼は「書き手」として存在感のあった男だと思う。

三十巻の全小説が、こうした作品集にまとまるということは、希有《けう》なことである。私はそれをすばらしいことだと思うとともに、一方でまた未完の作家であってほしかった、という思いをおさえることができない。

3

きょうは新橋のヤクルトホールで『親鸞』の出版にちなむ講演をした。

夕方から小雨が雪に変る気配で、すこぶる気になった。定員ぴったりに整理券を出しているので、足もとが悪いと空席ができるのではないかと心配だったのだ。

しかし、いちばんうしろの席の列まで、参会者がつまっていて、ほっと胸をなでおろした。

その話の中で、立松和平さんのことに触れて、いろいろしゃべった。話している内に、あれもこれもと、記憶がよみがえってくる。『風に吹かれて』の特装版を出したときも、巻末の対談に快くつきあってくれたものだった。

岡山での講演会のとき、私の先に話をするはずの彼が、おくれにおくれて、私が先にやり、それでも時間があまって、三十分以上も長くしゃべらされたことがある。

やっと頭をかきかき到着した立松さんに、関係者も、聴衆も、だれも文句を言う気配がなく、笑顔で迎えてくれたのも、立松さんのお人柄のせいだっただろう。

作家への弔い方というのは、会に出席するよりも、その残した作品を読み返すことにつきる。

これまで、私はずっとそうしてきた。昨日、五十七年のつきあいの、畏友、川崎彰彦《かわさきあきひこ》の死を知らされた。「善き人は逝く」それがこの世の真実だと、つくづく思う。


立松和平さんの告別の会が、青山斎場でおこなわれた。

私はその日、偶然にも宇都宮に来ていた。宇都宮は立松さんの故郷の町である。

車で県庁の前を通った。ふり返ると反対側の先のほうに市庁舎の建物が見えた。

立松さんは若いころ、その市庁舎で働いていた。

宇都宮はギョーザの町として有名だが、私にとっては立松和平の町だった。

告別式のあとで、追悼文集が送られてきた。その中の或る人の文章を読んで、立松さんが俳句をやっていたことをはじめて知った。

立松和平と俳句、というのは、私の中ではいまだにうまく結びつかないところがある。

春と秋と年二回の句会に彼はちゃんと顔を出していたらしい。

二〇〇四年の四月、立松さんは、こんな句をよんでいるという。

命あり　今年の桜　身にしみて

その句会の前に、心臓の弁の手術を終えていたのだそうだ。以前から心臓に何かを抱えていたらしいことを、私もはじめて知った。

その手術の後に作った句が、「命あり」だと思えば、句としての上手下手にかかわらず深い余韻のようなものを感じずにはいられない。

4

日本的抒情、と若いころはひと言で切って捨てたものだった。しかし、二千年の歴史の中でつちかわれてきた感性は、いいの悪いのという議論を超えている。

たとえば私たちはサクラを花としてだけ見ているのではない。

咲いて散る。

その中に生と死のドラマを無意識に連想しているのだ。

私たちは「散る」存在である。「考えるが故に」在るというより、死に向う生の一瞬を存在しているのだ。

〈われ在り　故にわれ思う〉

という感慨がそこにおのずと浮かびあがってくるのである。

今年の桜も、もう散る寸前。

散っては咲き、咲いては散る。そのサイクルを輪廻《りんね》だとすれば、輪廻の輪を断つことを目的とする教えは、いったい何か。そんなことを思いつつ、桜の下を歩く。

立松さんと私は、やがて私度僧、濫僧について語り合うつもりでいた。しかし立松和平は木の枝がポッキリ折れるように逝ってしまった。

私は若いころ、世間が新しいモダン・ジャズに熱い視線を向けていた時代に、古くさいラグタイムやディキシーランド・ジャズをひたすら聴いていた。一曲の終り方が、ストンと木の枝が折れるようにあっけなく終るところが、たまらなく好きだったのである。

立松和平の逝き方は、そんな感じだった。

あとがき

人が生きていくということは、決して楽なことではない。それどころか、人生というものは苦しみや悲しみ、苛立《いらだ》ちや鬱屈《うっくつ》に満ちているような気もする。

しかし、そんな日々を、人はうつむいて嘆いてばかりいるわけにいかない。

一瞬、一瞬を、自分でおもしろく生きる工夫をしなければ仕方ないだろう。

一瞬が変れば一日が変る。一日が変れば一年が変る。そんなふうに自分に言い聞かせながら、今日まで生きてきた。

なんとなく怪しい時代である。

「味気《あじけ》なき世をおもしろく」と、つとめてそう思いつつ毎日をすごしている。

そんな暮しの足あとのような文章を集めて一冊の本にしたのは、同じ思いで生きている人びとに、そんな思いをこっそり話しかけたいからだった。

雑然とした、とりとめのない文章をまとめて、なんとか本の形にととのえてくださった東京書籍のかたがたに、そして直接編集を担当してくれた小島岳彦氏、また日々の執筆を支えてくれた愛場謙嗣氏と小村健一氏、ＡＤの吉永和哉氏に、心からお礼を申し上げたい。

ありがとうございました。

二〇一三年八月

五木寛之

初出　「流されゆく日々」（「日刊ゲンダイ」連載）掲載号

生きる事はおもしろい	2012年10月16日
音の話	2012年7月30日
棚にあげる覚悟	2012年3月6日
言わでものことを言う	2011年10月24日
ニッポン人の七不思議	2009年9月24日
物食えば懐寒し秋の風	2012年9月24日
物食えど腹ふくるる	2011年5月23日
体に良いこと悪いこと	2009年10月26日
怪談あれこれ	2009年10月5日
銭の世とはなりにけり	2013年6月24日
扁桃腺が腫れてひと安心	2013年2月25日
下降感覚に身をまかせて	2011年9月12日
記憶がどんどん遠くなる	2011年5月30日 /7月20日
イヌは人間の友である	2012年6月4日
甲子園の夏、原稿の夏	2009年8月10日
鮨っ子だの鮒っ子だの	2011年9月5日
なぜ気持ちがいいのか	2011年1月31日
どちらか一方では駄目	2012年10月9日
夜行寝台列車で金沢へ	2010年2月25日
去年の雪、いまいずこ	2011年2月15日
新美南吉のまなざし	2013年3月25日
戦国時代のコワーい話	2010年8月16日
地獄・極楽はどこにある	2013年6月3日
不易流行	2009年11月29日
自利と利他	2011年9月21日
歌、詩、偈の中にあるもの	2013年3月18日
シベリアと妙好人	2012年6月19日
天寿を知るということ	2009年3月16日
「死」の新しい意味	2013年1月21日
命あり　立松和平	2010年2月8日 /4月5日

＊掲載年月号が複数号にわたる場合は最初の掲載号を記してあります。
　内容の加筆訂正やタイトルの変更を行っている場合があります。
＊本書の記載内容は、初出掲載時の情報に基づいています。

日本音楽著作権協会許諾（出）第1310372-301号

著者略歴

五木寛之（いつきひろゆき）

1932（昭和７）年９月福岡県に生まれる。生後まもなく朝鮮にわたり47年引揚げ。PR誌編集者、作詞家、ルポライターなどを経て、66年「さらばモスクワ愚連隊」で第６回小説現代新人賞、67年「蒼ざめた馬を見よ」で第56回直木賞、76年『青春の門』筑豊編ほかで第10回吉川英治文学賞を受賞。著書には『朱鷺の墓』、『戒厳令の夜』、『生きるヒント』、『大河の一滴』、『他力』、『天命』、『人間の関係』、『人間の運命』、『下山の思想』、『選ぶ力』、『無力』、『親鸞（上・下）』、『親鸞　激動篇（上・下）』ほかがある。翻訳にチェーホフ『犬を連れた貴婦人』リチャード・バック『かもめのジョナサン』ブルック・ニューマン『リトルターン』などがある。ニューヨークで発売された英文版『TARIKI』は大きな反響を呼び、2001年度「BOOK OF THE YEAR」（スピリチュアル部門）に選ばれた。小説のほか、音楽・美術・仏教など多岐にわたる文明批評的活動が注目され、02年度第50回菊池寛賞を受賞。04年には第38回仏教伝道文化賞を受賞。現在泉鏡花文学賞、吉川英治文学賞その他多くの選考委員をつとめる。『百寺巡礼』『21世紀仏教への旅』などのシリーズも注目を集めた。

装丁　吉永和哉

生《い》きる事《こと》はおもしろい

平成二十五年九月五日　第一刷発行

著　者　五木寛之

発行者　川畑慈範

発行所　東京書籍株式会社

〒一一四―八五二四

東京都北区堀船二―一七―一

電話〇三（五三九〇）七五三一（営業）

〇三（五三九〇）七五〇七（編集）

印刷・製本　図書印刷株式会社

ISBN978-4-487-80761-1C0095

http://www.tokyo-shoseki.co.jp